O DISCÍPULO DA MADRUGADA

CB080501

Fábio de Melo

O DISCÍPULO DA MADRUGADA

A TRAVESSIA DE UM HOMEM: DO CAMPO DE BATALHA À MESA POSTA

1ª edição

EDITORA RECORD
RIO DE JANEIRO • SÃO PAULO
2025

CIP-BRASIL. CATALOGAÇÃO NA PUBLICAÇÃO
SINDICATO NACIONAL DOS EDITORES DE LIVROS, RJ

M485d Melo, Fábio de
O discípulo da madrugada: a travessia de um homem: do campo de batalha à mesa posta / Fábio de Melo. – 1. ed. – Rio de Janeiro: Record, 2025.

ISBN 978-85-01-92162-8

1. Ficção brasileira. I. Título.

CDD: B869.3
25-99257.0 CDU: 82-3(81)

Gabriela Faray Ferreira Lopes – Bibliotecária – CRB-7/6643

Copyright © Fábio de Melo, 2011, 2025

Projeto gráfico de miolo: Adaptado do original de Alles Blau

Todos os direitos reservados. Proibida a reprodução, armazenamento ou transmissão de partes deste livro, através de quaisquer meios, sem prévia autorização por escrito.

Texto revisado segundo o Acordo Ortográfico da Língua Portuguesa de 1990.

Direitos exclusivos desta edição reservados pela
EDITORA RECORD LTDA.
Rua Argentina, 171 – Rio de Janeiro, RJ – 20921-380 – Tel.: (21) 2585-2000.

Impresso no Brasil

ISBN 978-85-01-92162-8

Seja um leitor preferencial Record.
Cadastre-se no site www.record.com.br
e receba informações sobre nossos
lançamentos e nossas promoções.

Atendimento e venda direta ao leitor:
sac@record.com.br

EDITORA AFILIADA

Para Adélia Prado, que, na intimidade de sua casa, confessou-me um desconsolo comovente: "Esqueceram de nos contar que Deus é amor."

"Bem-aventurados os puros de coração,
porque verão a Deus."

Mateus 5:8.

Aos que não se curvam à servidão da obediência cega. Aos que aceitam peregrinar os caminhos da fé sem nunca abrir mão das regras da inteligência.

Os descaminhos também nos fazem chegar. Ainda que nos falte discernimento para perceber, a natureza da vida é paciente com os debilitados. E não poderia ser diferente. A nossa insuficiência nos torna dependentes dos recomeços. É na ciranda dos erros e tropeços que nossa essência flui, se expande. Os ciclos das vivências temporárias nos colocam diante de nossa disposição à transcendência. Procuramos o que nos falta nos desvãos da casa onde cremos morar Deus. É Nele que encontramos redenção, coragem para viver os itinerários que nos separam de nossos futuros eus.

Estamos sempre a caminho. A existência humana é marcada por incontáveis êxodos, deslocamentos interiores que nos favorecem alçar o inédito de nós mesmos. As travessias são processos que não nos pedem inerrância. Suas exigências são outras. Determinação, honestidade na busca, retidão nas intenções, clareza sobre o que se quer. Exige também abrir mão das ilusões, substituindo-as pela dureza desconcertante da realidade. Nossos desertos só podem ser atravessados e vencidos sob o torturante sol da verdade.

Nossa incompletude nos torna hospedeiros de contradições. Elas estão em nós como uma tatuagem existencial. Mas há um alento. Na precariedade também podemos ser sublimes. Uma aura sobrenatural descansa sobre o sofrimento humano, paira sobre as indigências que moram em nós.

As criações mais significativas foram concebidas e realizadas por pessoas que viviam acordadas pelo aguilhão na carne. Sim, o dolorido da vida está sempre grávido de beleza. O processo criativo não se alimenta do que temos. A Ele basta o que em nós se ausenta. É no oco da ausência interior que gestamos nossos melhores projetos.

Não é mister desatar esse nó, tampouco perguntar o motivo de sermos assim. Esse avolumado de contradições é religioso. Pertence à ordem do mistério. Não nos cabe investigar suas causas, sabatinar seus motivos, tampouco querer entender suas incoerências. Basta que seja por nós reverenciado, com os pés descalços, como quem fica sob os olhos de uma divindade.

Sobre Deus não é diferente. Quem nos coloca diante dele são as nossas incompletudes. Impelidos pelo desejo de dizer "tende piedade de nós", porque na pequenez também há prazer, é que escolhemos adentrar os umbrais da crença. E se sobre a sublimidade que brota de nossas misérias é imprudente tentar entender, muito menos é sobre Ele.

A respeito de Deus é bem mais prudente silenciar do que dizer. A vida me ensinou. A verdade não se priva de ser gestada no ventre do equívoco.

A compaixão é uma fraqueza admirável.

A origem do desassossego

Não sei ao certo quando um livro começa a nascer. É impossível demarcar no tempo o momento exato em que o motivo inaugural manifesta o desejo de receber a carne da palavra.

O que sei é que este livro já é antigo dentro de mim. Há muito tempo tenho convivido com o desconforto que lhe é nevrálgico. É possível que já tenha começado a nascer nos meus tempos de menino, quando, no contato com a Sagrada Escritura, sentia-me incomodado com as passagens em que Deus era apresentado de maneira assustadora e cruel.

Incomodava-me ler os salmos em que prevalecia uma linguagem bélica, colocando Deus como um combatente que fazia questão de destruir os inimigos de seu povo. Tudo aquilo me parecia contraditório. Não conseguia compreender que Ele fosse capaz de cometer um assassinato, ainda que para defender os seus amados.

Sim, também isso me incomodava. Descobrir nas entrelinhas que o amor divino era reservado a alguns poucos. Deus fazendo acepção de pessoas, incorrendo em erros tão semelhantes aos meus. Identificava Nele comportamentos desumanos que eu não encontrava em mim. Um exemplo. Mesmo sendo movido por minhas misérias humanas, eu jamais seria capaz de promover a morte dos meus inimigos, tramar contra eles, passá-los no fio da espada. Não, mesmo que tivesse minhas indisposições com algumas pessoas, querendo-as distantes de mim, eu não sentia o desejo de exterminá-las.

Mas, de acordo com o que me foi ensinado, em Deus era possível identificar tal absurdo. Porque havia elegido um povo como seu, amando-o em detrimento de outros, ia à frente desse povo, ordenando batalhas, legitimando a barbárie, revestindo a crueldade de sacralidade, pois o escritor sagrado nos convencia de que a ira divina era essencialmente boa, porque bem-intencionada. Mas na escolha de privilegiar um povo e prejudicar outros é possível encontrar algum valor?

Eu ficava dividido, pois entre os ensinamentos que eu adquiria na catequese e as lições que recebia no colo de minha mãe havia uma discrepância. Ainda que nunca tenha frequentado uma aula de Teologia, minha mãe foi a primeira teóloga que pude conhecer. Ela me apresentou a Deus por meio do Coração de Jesus.

Foi falando-me de misericórdia e amor que ela me ajudou a dar os primeiros passos na resolução dos impasses dessas questões, que a mim pareciam conflituosas, e que me chegavam pelo discurso religioso que eu ouvia nas igrejas e nos espaços reservados à catequese bíblica. Os ensinamentos de minha mãe, embora não me chegassem com citações bibliográficas, corroborações apologéticas, fazia mais sentido para mim do que os que vinham pela boca dos entendidos em religião.

Mais tarde, quando tive a oportunidade de cursar a faculdade de Teologia, tive a satisfação de conhecer a obra de Andrés Torres Queiruga, um teólogo nascido na Galícia que repensou a Teologia cristã à luz de dois conceitos inovadores: a maiêutica histórica e a hermenêutica do amor.

Queiruga reflete a Revelação de Deus na história através de recursos importantes da modernidade. De maneira responsável, e comprometido com a riqueza da fé que a Igreja preserva, ele buscou resolver os equívocos das interpretações que tantas vezes ocultam a verdadeira face divina, fazendo prevalecer a caricatura de um Deus desumano, opressor, vaidoso e, por que não dizer, mais afeito às fraquezas humanas que os próprios humanos. Para o autor, a imagem equivocada de Deus, tantas vezes ensinada por meio de práticas, discursos catequéticos e pregações, é a grande responsável pelo crescimento da indiferença religiosa e pelo ateísmo.

De acordo com o teólogo galego, Deus é constantemente vitimado pelos limites humanos. A riqueza da revelação divina sempre esbarra na pobreza de nossas abordagens. A voz de Deus é facilmente ocultada pelos ruídos de nossos equívocos. Por mais que queira nos fazer conhecer a grandeza de sua essência, que passa necessariamente pelos princípios de misericórdia e compaixão, terá de enfrentar os estreitos caminhos de nossa inteligência.

Para nos ajudar a entender a maneira como Deus se revela ao coração humano, Queiruga resgata da filosofia socrática o conceito de maiêutica. Para quem não teve contato com Sócrates, maiêutica é o método usado pelo grande filósofo na relação com seus alunos. Vamos a ele.

Sócrates era filho de uma parteira. Foi observando sua mãe trabalhar que ele intuiu que o processo do conhecimento é semelhante ao ofício de "fazer vir à luz um filho". A facilitadora do parto não cria o que vai nascer. Ela só acompanha o processo que trará o novo ser ao mundo. A criança já existia no ventre da outra mulher. A tarefa de sua mãe era simplesmente facilitar o nascimento. À parteira também não cabe a função de criar as contrações. O corpo da mãe é capaz de despertar os movimentos que expulsam o filho do ventre. Inspirado por essa observação, Sócrates intuiu que o mesmo se dá quando conhecemos alguma realidade nova. Segundo ele, o conhecimento já existe na mente do ser humano. Ao professor cabe somente a tarefa de fazê-lo vir à luz. Um condutor do conhecimento jamais responde diretamente às perguntas que lhe fazem. Por isso, Sócrates só respondia a perguntas com outras perguntas. Dessa forma, ele levava o aluno a tomar consciência do conhecimento que nele já existia.

Nos ensaios de Queiruga, a maiêutica socrática recebeu o sobrenome de "histórica". Segundo ele, Deus se manifesta em nossa vida de acordo com as possibilidades que a Ele oferecemos. Deus está em todo ser humano. Quer falar a todos, sem exceção. Mas sua revelação esbarra nos limites históricos que são próprios de cada pessoa. Deus se revela de maneira particular, mostra-se, comunica sua vontade, seu amor, sua misericórdia. Mas essa revelação esbarra constantemente nos limites que historicamente desenvolvemos. Nessa perspectiva de Queiruga, a ação evangelizadora não consiste em oferecer algo de novo às pessoas, mas sim em despertar nelas o que Deus já lhes deixou no coração. Embora sejamos historicamente limitados, pois as nossas circunstâncias facilitam ou dificultam o florescimento de nossa capacidade à transcendência, Deus é uma possibilidade para todos nós. Deus se deu a todos da mesma forma, com a mesma medida. O que dele se manifestará depende do contexto histórico de cada um de nós. A revelação esbarra constantemente nas dificuldades de nossa personalidade, nos traumas que nos condicionam.

Interessante e revolucionário. Deus e os condicionamentos que temos. A revelação divina esbarrando nos meandros da história humana. De maneira amorosa, Deus querendo falar ao ser humano, quebrando barreiras, entrando sempre que pode na dinâmica histórica da condição humana. Toda vez que consegue quebrar os limites que dificultam a compreensão de sua voz, Deus acontece plenamente na vida que recebeu, em potencial, a revelação. O destino final desse acolhimento é a realização humana. Segundo o mestre galego, onde existe um ser humano realizado, Deus está plenamente revelado.

A obra inspiradora

Queiruga foi tema de minha dissertação de mestrado. Para isso, tive o prazer de conhecer toda sua obra escrita. Foi durante minha fase de estudos que vivi a grata satisfação de ler *Do terror de Isaac ao Abbá de Jesus*, obra na qual o teólogo prossegue na tentativa de reconstruir a imagem de Deus, resgatando-a do fosso provocado pelas interpretações descontextualizadas, infundadas, que fazem com que Deus seja visto como um monstro cruel que assombra a consciência de cada pessoa e o imaginário coletivo.

Notem que há uma íntima comunhão entre o título de Queiruga e o subtítulo que escolhi para este livro. Longe de ter a profundidade do ensaio teológico de Queiruga, este livro é imerso na simplicidade que lhe é própria, visto que parte de alguns aspectos da experiência pessoal que fiz de sua obra, porém ambos propõem um itinerário, um processo, um ritual a ser seguido.

Na obra de Queiruga, o caminho a ser trilhado tem início no sacrifício de Isaac, o momento terrível em que o significado mais profundo do pedido divino parece ofuscado pelo temor experimentado por Abraão, levando-nos a intuir que o medo sentido tenha lhe desfavorecido compreender a vontade de seu Senhor.

A Sagrada Escritura nos permite inúmeras interpretações da passagem que narra o sacrifício de Isaac. Não pretendemos ferir a ortodoxia. O que queremos é conciliar o que sabemos sobre nós, o que nos foi permitido conhecer através das Ciências que nos investigam, com os textos que inspiram a nossa fé.

A experiência nos mostra que o medo nos priva de conhecer a verdade. Sempre que somos visitados por ele, dificilmente conseguimos compreender a voz dos fatos. O medo inventa vozes, arquiteta armadilhas, cria fantasmas, gera equívocos. Muitas interpretações bíblicas foram feitas sob a sombra dos medos humanos.

É natural que isso aconteça. Interpretamos a Sagrada Escritura a partir do que sabemos de nós mesmos. E isso nos impede de chegar ao conhecimento da verdade. Dessa forma, Deus se torna refém de nossos limites. Por isso a necessidade de investigar honestamente as compreensões religiosas que dão sustento teórico às nossas condutas. O desafio diário de todos nós é a busca sincera por um coração puro, capaz de ver além de si mesmo, que possa permitir que Deus se mostre como realmente é, e não como nos ditam nossos medos, nossos preconceitos e desvios de caráter.

Pois bem, foi a partir dessa compreensão que recrutei as inquietações que sempre me perseguiram, que minha mãe confirmava, e que a experiência teológica acadêmica me proporcionou intuir. Deus não é mesquinho. Não podemos acreditar que Ele seja capaz de nos pedir algo que venha ferir sua essência. Deus é amor. E seu amor comporta a justiça.

Mas, como já dissemos, não é sempre que as nossas circunstâncias históricas facilitam a revelação de Deus. Ficar diante da verdade divina requer ter um coração "puro", isto é, livre dos obstáculos que foram criados por nossas vivências, traumas, medos.

Um homem que não se sentiu amado e protegido por seu pai biológico, por exemplo, certamente terá dificuldades em sentir-se amado e protegido por Deus, que também é Pai. Se a presença do pai não lhe representou segurança, mas, ao contrário, impôs sobre si o fardo dos medos, é bem provável que terá mais dificuldades em conhecer a face amorosa de Deus.

A psicologia nos ensina que o medo que temos do pai é naturalmente transferido para a imagem divina. O pai cruel, que exige do filho além do que ele consegue oferecer, desconsiderando seus limites e fragilidades, pode lhe impor um limite que o apartará da possibilidade de mergulhar no conhecimento da misericórdia divina. Um pai que não construiu com o filho sentimentos de segurança, confiança, que são construídos no âmbito da fé natural, que é essencial à qualidade da vida emocional de uma pessoa, pois faz com que ela acredite no amparo que pode encontrar nos seus, pode colocar um impedimento no desenvolvimento da fé sobrenatural, que é a capacidade humana de crer e confiar no que os olhos não enxergam, mas o coração confirma.

Não somos o que somos por acaso. A maneira como cremos em Deus está intimamente ligada às histórias e pessoas que participaram da construção de nossa vida afetiva. É muito comum encontrar pessoas que nunca conseguiram ter uma experiência fecunda de Deus porque albergam lembranças desastrosas na alma. Foram privadas de conhecer a Deus através do amor, da confiança, da liberdade. Limitaram-se à experiência do medo, que, mais tarde, depois de crescidas, descobrem não fazer sentido, e então mergulham na indiferença religiosa.

O medo prejudica até os mais crédulos. Homens e mulheres profundamente místicos também apresentam esse obstáculo à manifestação divina. O medo é a expressão de nossos limites. E, como já dissemos, a voz de Deus esbarra constantemente nas estruturas falhas de nossa personalidade.

Intuo que tenha sido isso o que se deu com Abraão. Os desconfortos do momento o impediram de compreender com clareza o que Deus realmente lhe pedia. Estava imerso num contexto de medo que o empurrou para os labirintos de uma obediência que não lhe permitia ultrapassar o significado da Lei. Ele não ousou investigar o avesso da palavra divina. Faltava-lhe experimentar a liberdade que ao ser humano permite conhecer a verdade pelas vias de uma revelação íntima, maiêutica, superior e mais profunda que a fachada da regra.

Deus queria lhe falar ao coração. O sacrifício de Isaac já estava grávido da novidade que seria plenamente revelada em Jesus. Naquele momento, Abraão já era convidado a adentrar a compaixão divina, a rasgar os véus que o que separavam do novo. Ele anteciparia no tempo um conhecimento que a humanidade levaria séculos para alcançar.

A interpretação mais usual para aquele momento era de que o Senhor lhe pedia a morte do filho amado. Seria um itinerário natural para alguém que estava acostumado a lidar com um Deus tremendo, capaz de promover horrores para extrair um bem maior. Naquele caso, provar a obediência de um homem.

O conflito se estabeleceu. Obedecer, ainda que isso significasse cometer uma crueldade com um filho que lhe fora dado como parte de uma promessa. Sim, o filho que nasceu como sinal de uma aliança, o menino presenteado, expressão da fidelidade de Deus a Abraão. O varão que devolveu a fertilidade ao ventre de Sarah e legitimou na história o cumprimento de sua promessa.

Não, não é possível que Deus tenha traído a sua essência e sido tão mesquinho naquela hora. Seria Ele capaz de pedir a Abraão esse absurdo? Matar o menino que ele tanto havia esperado? Um pedido que sacrificaria o filho que havia sido dado como parte do elo estabelecido entre eles?

Confesso que tudo isso fere profundamente o que sobre Deus eu aprendi. E então preciso de um novo recurso para interpretar a passagem, uma chave hermenêutica que salvaguarde o valor da obediência de Abraão, e ao mesmo tempo preserve a certeza de que Deus só é amor. Que Ele não se move por paixões mesquinhas, por ciúmes descabidos, tampouco possui os mesmos defeitos que eu.

Melhor é acreditar no equívoco de Abraão. Ou então pensar que Deus tenha lhe proporcionado aquela situação com o único objetivo de lhe permitir intuir, a partir de si mesmo, que aquele pedido negava radicalmente quem Ele era. Um acontecimento em que Deus perguntaria: "Quem sou eu, Abraão? Sendo eu o Deus da vida, poderia lhe pedir que matasse cruelmente Isaac, com o único objetivo de me demonstrar obediência?"

Abraão viveria o itinerário do crescimento, da superação teológica. Sairia do campo de batalha para adentrar o contexto da mesa posta. Por meio de Isaac, chegaria ao conhecimento da plenitude da revelação. Deus é amor, e porque é amor jamais lhe pediria algo que não passasse pelo amor. A única obediência exigida naquela hora seria à certeza de que Deus é amor. E que Ele não oscila, movendo-se como se movem as pessoas, alternando entre amor e ódio. Em Deus não há alternância.

Um assassinato não pode ser pedido, por um Deus que ama, como prova de obediência. Há uma contradição nessa leitura. Naquele momento, o que Deus lhe pedia não era a observância da lei, mas do sentimento que em seu íntimo o fazia intuir que Deus é bom, e por ser bom só nos pede o que é bom, justo e verdadeiro.

Deus desejava que Abraão o reconhecesse como o Deus da vida. Que intuísse, diante do altar do sacrifício, que a bondade divina jamais lhe pediria sacrificar o filho que tanto representava em sua vida e na vida de Sarah.

A minha intuição me leva a crer que Deus esperava de Abraão a transgressão. Que o desafiasse a partir do que já sabia sobre sua essência. Que gritasse a Ele que o pedido feito não era coerente com o amor que até então Ele o fizera conhecer.

Não creio que Deus tenha ordenado a Abraão a morte do filho. A minha experiência me leva a crer que foi Abraão quem não entendeu a ordem. Por quê? Volto a dizer: porque ele estava visitado pelo medo. E o medo nos priva de entender a verdade. Ele nos restringe ao território que nos apavora e nos faz crer no absurdo. Acredito que o monte Moriá tenha sido a geografia escolhida por Deus para permitir que Abraão vivesse o seu mais transformador itinerário teológico. Que saísse das contradições das antigas convicções, aquelas que lhe falavam do amor ciumento de Deus, do seu amor exclusivo, mas também legitimavam a crença na crueldade divina, para adentrar o ambiente da misericórdia, da experiência que retiraria Deus do fosso das paixões humanas, das guerras, permitindo-lhe mostrar a verdadeira face, que certamente brilhava tão vivamente que seria impossível manter os olhos fixos nela.

Distante do episódio de Abraão, vejo que cada ser humano também precisa viver o mesmo itinerário.

Podemos dizer que o Antigo Testamento, enquanto tempo que antecede a chegada de Jesus, é um processo normativo na experiência religiosa cristã. Ainda que já nasçamos sob a luz da revelação de Cristo, trazemos na alma a tendência natural que nos faz caminhar na direção da Lei. É o primeiro passo da fé. Descobrimos Deus a partir da lógica do merecimento, da obediência. Fazem parte desse contexto a culpa, o medo, a recompensa, as negociações com Ele.

É também comum que queiramos colocar Deus num eterno campo de batalha, onde, de maneira infantil e pretensiosa, esperamos que Ele derrote os que na vida consideramos nossos inimigos. Somos herdeiros do Antigo Testamento, e nunca negaremos a sua sacralidade. Mas precisamos lê-lo à luz do que Jesus nos ensinou. Jesus Cristo é a hermenêutica do Pai, isto é, olhando para Ele podemos interpretar quem é o Pai. Só assim poderemos nos aproximar das antigas Escrituras e compreender a visão de nossos antepassados.

Contextualizados a partir da Boa-Nova do Evangelho, que nos revela definitivamente que "Deus é amor", somos capazes de compreender as passagens nas quais Deus é colocado como um combatente sanguinário, cruel, arbitrário, sem nos deixarmos escravizar pela interpretação ao pé da letra.

Só o Novo Testamento nos revela o sentido oculto das narrações. Ao analisar esse Deus como um combatente, um soldado violento que vai à frente de seu povo, identificamos no texto uma metáfora sugestiva ainda aos nossos dias. Deus cuida dos que ama. Sempre. Mas sem cometer os mesmos pecados que nós cometemos.

E além da metáfora, um itinerário. Do campo de batalha à mesa posta, do terror de Isaac ao Abbá de Jesus. Os títulos podem ser pedagogicamente divididos. Do campo de batalha: Antigo Testamento. Deus compreendido pelo povo, pregado e ensinado como o que passa os inimigos de Israel no fio da espada. À mesa posta: Novo Testamento. Deus revelado por Jesus, pregado e ensinado por Ele como um Deus que nos pede para amar os inimigos, ter compaixão pelos estrangeiros. Um Deus que acolhe os necessitados e para eles prepara um banquete.

Do terror de Isaac: Antigo Testamento. Deus compreendido pelo povo, pregado e ensinado como aquele que é tremendo, que provoca medo, e que extrai do ser humano a obediência. Ao Abbá de Jesus: Novo Testamento. Deus revelado por Jesus, que ousa chamar Deus de Abbá, que significa Paizinho. O nome de Deus, impronunciável até então, para que fosse preservada sua grandeza, recebe o tratamento carinhoso, íntimo, que só um filho que se sabe amado pode proclamar.

E cá estamos nós, posicionados em algum ponto desse itinerário. Não cabe julgamento. O que já conseguimos conhecer de Deus não pode ser mensurado. Cabe apenas um reconhecimento honesto de onde nos encontramos nesta travessia.

A ficção que nos faz reais

Antes de serem escritos, os livros dormem dentro de nós. Antes da escrita, a vida. Polvilhados de mesmices e novidades, os enlaces, as tramas, os encontros, tudo se presta a contribuir para a configuração do que mais tarde será impresso.

Antes da palavra escrita, o pensamento, o desconforto de ver quebrar os paradigmas que até então ofereciam o sustento de nossas paredes conceituais.

Quando o livro começa a nos soprar os primeiros enredos, posso identificar a voz que lhe é própria, como se um personagem assumisse o protagonismo das ideias, fazendo-me sentir habitado por alguém que até então desconhecia, mas que ao longo do processo reconheço como um desdobramento do meu eu. Um processo maiêutico, sem dúvida.

Ao ouvir as interrogações que a vida me faz diariamente, por meio de meu ofício sacerdotal, naturalmente sou imerso num processo de busca que nunca me priva de saborear novidades.

A voz que ouço neste livro é a de um homem. Um homem culto, religioso, bem-intencionado. Um profundo conhecedor da Lei que teve sua vida modificada pela amizade que viveu com Jesus. Um filho do Antigo Testamento. Judeu convicto, honesto, amante das transcendências, das liturgias, mas acorrentado pelo legalismo, que toda mente que ainda não foi libertada pela verdadeira experiência com Deus necessita.

A temática que já apresentei anteriormente quis o formato do romance. Sim, os livros exigem como querem ser escritos. Basta observar as palavras superando a dormência, acordando dentro de mim, propondo a maneira como pretendem ser acomodadas. Gosto das narrativas romanceadas. Elas são sugestivas e possibilitam driblar a densidade da temática, nunca permitindo sua banalização, mas favorecendo o texto, tocando-o com leveza, perpassando-o com a delicadeza que pode ter o cotidiano, tornando-o palatável.

O personagem deste livro é o território que escolhemos para situar o itinerário "do antigo para o novo". Estou convicto de que a qualidade da vida cristã depende dessa transição. Todo cristão precisa fazer essa travessia.

A esse processo chamamos de conversão, o passo que nos inicia na libertação de nossa alma de todas as amarras adâmicas, isto é, que nos foram deixadas por Adão, e que nos condicionam a um entendimento do Antigo Testamento que se desdobra em prática, conduta que nos distancia do que nos propõe o seguimento de Jesus.

O Antigo é o ponto de partida. Dele levamos os alicerces que tornarão a vida cristã possível. A Lei nos ensina, mas Cristo nos liberta para que sejamos capazes de viver o que ela nos ensinou. Caso contrário, ela nos escravizará, fará conosco o oposto do que deveria fazer a experiência religiosa cristã. Sem Cristo, o Antigo Testamento pode nos sugerir o contrário do que precisamos viver. Só podemos compreender a obediência à Lei quando tivermos a consciência movida pelas diretrizes estabelecidas por Jesus. Sem Ele, em vez de nos alforriar, a Lei nos amarrará em obrigações, levando-nos a assumir uma religião legalista, sombria, infértil, insossa, como a que foi condenada por Jesus.

Só a liberdade interior pode nos posicionar de forma madura diante da Lei divina. E esse é o grande desafio do cristão desde os primeiros séculos: tomar posse da liberdade que Cristo nos ofereceu. Ser livre para obedecer. Pode parecer-nos contraditório, mas só no exercício da liberdade interior é que podemos ser obedientes. A liberdade interior é uma busca que nunca termina.

Na carta que São Paulo escreve aos gálatas, encontramos os desafios dessa busca. A comunidade da Galácia estava sofrendo com a presença de alguns cristãos judaizantes, homens e mulheres que queriam fazer a comunidade retroceder ao contexto das obrigações cegas da Lei judaica, conduta duramente criticada por Jesus. Temos nesse escrito uma verdadeira apologia à liberdade. A carta é uma síntese impecável da ação redentora que Cristo realizou na humanidade, libertando-a de todas as amarras e condicionamentos, inclusive os religiosos. A narrativa esclarece o contexto da ruptura e da continuidade que, a partir de Jesus, passará a guiar a nossa relação com o Antigo Testamento.

"Para a liberdade foi que Cristo nos libertou", Paulo escreveu. Ser livre é um desafio árduo, pois a liberdade interior é um dom que carece ser cultivado diariamente, e nem sempre as ambiências humanas favorecem esse cultivo.

Temos os aprisionamentos psíquicos, muitas vezes gerados e mantidos por nossas relações familiares, afetivas, mas também pelos contextos religiosos. Toda religião deveria favorecer a libertação da consciência, da elevação espiritual, do autoconhecimento, mas nem sempre o faz.

Por isso a carta aos gálatas continua sendo um desafio aos dias de hoje. Protagonizamos um momento histórico em que o ser humano está submetido a uma infinidade de condicionamentos. O escrito aos gálatas é assustadoramente atual. Ele propõe a liberdade humana. Propõe o reconhecimento de nosso chamado à vida livre. O apóstolo Paulo fala de uma liberdade que está longe de ser libertina. A liberdade a que ele se refere e salienta é a que proporciona ao ser humano chegar ao âmago da obediência, ao significado mais profundo do valor que ela condensa, e o leva a ser obediente sem sentir-se subjugado.

É no coração dessa questão que nosso personagem será inserido. Num determinado momento de sua vida, ao ouvir a pregação de Jesus, esse homem problematiza sua pertença religiosa. Ao tornar-se amigo de Jesus, sente ruir a estrutura que até então dava sentido à sua vida. Desalojado em si mesmo, inicia uma aventura encantadora pelos caminhos da liberdade interior. Esse personagem tem um pouco de todos nós. Ou muito, não sei. Vamos observá-lo de perto. Pode ser que o conheçamos bem. Pode ser que não. Ou pode ser que a identificação seja tão profunda que, sem receios, possamos dizer: esse sou eu.

Foi quando me vi abraçado pelas sombras da noite
que pude acolher a verdade de minha alma.
O escuro me iluminou, derramou clareza sobre minhas
contradições. Este sou eu. Um homem que, na tentativa
de conhecer a Deus, se limitou a praticar uma religião.
Este sou eu, o discípulo da madrugada.

1

Eu estava no alto daquele monte. Vi de perto a condenação injusta ser consumada. Sofri na carne o calor da tarde, mas na alma experimentei o frio do medo.

Eu estava lá. Oculto de mim mesmo, mas estava. Escondido sob a proteção vergonhosa da prudência, não corri em sua direção, não gritei em sua defesa, não me ofereci a Ele.

Meus pés obedeceram à minha covardia. Não fizeram o movimento que deveriam ter feito. O mesmo que Ele tantas vezes fez em relação a mim, de vir buscar-me no momento em que dele eu carecia.

Há momentos em que o medo nos impede de defender os que amamos. Acontece. É como se fôssemos tragados pelo que éramos antes da amizade, da cumplicidade nascida dos encontros, das partilhas, dos risos e das lágrimas que nos fizeram irmãos.

O regresso no tempo nos apresenta defesa, ainda que temporária. Foi o que aconteceu comigo. Justifiquei-me de que todo o ocorrido poderia ter sido um equívoco. Que seria um risco me expor naquela hora. Eu, que havia me protegido tanto até então; uma imprudência me expor naquele momento. Eu era uma autoridade religiosa conhecida entre o povo. Um judeu profundamente comprometido com boa parte dos motivos que faziam com que Ele arrastasse pelas vielas de Jerusalém aquela cruz.

É fácil ser cruel. Até o mais bem-intencionado dos homens pode incorrer no crime de recrutar o obscuro da alma. O medo nos cega. Nossa autopiedade nos autoriza a omissão, a traição, a indiferença. Em nome da paz que julgamos merecer, ultrajamos os que amamos, condenamos os que nos incomodam, assumimos a crueldade como companheira de viagem.

Eu agi assim. O tempo me fez ver. Eu ainda não estava suficientemente fortalecido para erguer a voz em defesa do meu amigo.

Ainda me faltava percorrer um caminho. Só mais tarde pude saber. O caminho que eu precisava trilhar era aquele que por Ele estava sendo trilhado. Naquelas vielas Ele me levava ao colo, andava o caminho por mim.

Cumpria-se, mais uma vez, sua misericordiosa forma de me oferecer o que mais tarde me pediria. Sim, Deus só nos pede o que já nos deu anteriormente. Com Ele eu aprendi. A ação de Deus nos antecipa em tudo. No bem que fazemos, na profecia que gritamos, no amor que amamos. Ele só me pede aquilo que já me deu.

Eu não estava pronto. Faltava-me aquele percurso. Eu ainda estava imerso em insuficiência, sofrendo de incompletude. O tempo que carecemos para viver uma entrega amorosa não pode ser quantificado. Tudo depende do quanto permitimos de ocupação.

Sim, amar consiste em ser ocupado pelo outro, ceder-lhe espaço, oferecer-lhe a oportunidade de acrescentar ao território singular a condição plural. Foi o que Ele fez comigo. Ele me habitou.

Chegou à minha vida e se dispôs a retirar meu coração da condição insular. Fez-me olhar de maneira diferente para os que antes eu desprezava. Ensinou-me com gestos. Deu-me a lição ao tratar a todos sem distinção. Pobres, ricos, prostitutas, ladrões, mendigos, miseráveis, todos eram recebidos com a mesma disposição de alma. E isso fazia com que multiplicasse o número dos que o seguiam.

Eu também o segui. Ao meu modo, mas segui. Com meus receios, com minhas ressalvas, com minhas prudências. Ele me recebeu sem reservas. Nunca se opôs ao modo como escolhi estar com Ele. Sempre em segredo, reservando-me oportunidades de conversar quando todos já dormiam. Ele me chamava de "o discípulo da madrugada".

Desde nosso primeiro encontro, pude experimentar a graça de ser por Ele multiplicado. Ele se dividia entre todos. E, ao dividir-se, tornava-se ainda maior do que era.

Sim, eu estava no alto daquele monte, mas também estava debaixo de minha covardia. Opostos. A geografia não correspondia ao posicionamento de minha alma.

Não foi o acaso que me fez estar naquele lugar. Foi a vida. A vida que não se conta, a vida que não aceita a trama das palavras, que não pode ser acomodada nas definições, que extrapola o sentido de tudo o que sabemos dizer, porque pertence ao indecifrável mistério do amor fraterno.

A vida me levou ao alto daquele monte. Eu não poderia deixar de percorrer aquela distância. Ainda que escondido, coberto por um manto que garantia meu anonimato, eu precisava responder ao comando da voz que me gritou a ordem. Tentei dela me esquivar, mas o sentimento que a compreendia falou mais alto.

Eu obedeci. Motivado pela pertença amorosa, permiti que meus pés fossem conduzidos por uma fraternidade que não se estabelece pelos genes que nos familiarizam.

Há amigos que são mais que irmãos. Sim, tenho acreditado cada vez mais nessa premissa. O que nos aproxima não é o sangue, a imposição genética que nos dispõe em obrigações penosas, em parentescos que nem sempre nos provocam alegrias. O amor fraterno ultrapassa o visco escarlate que carregamos nas veias. A imposição sanguínea até nos determina, mas só a afinidade nos torna irmãos.

Foi com Ele que descobri essa verdade. Os vínculos fecundos nos antecipam a eternidade. O amor fraterno nos dispõe a uma radical proximidade, num movimento que aproxima silenciosamente os improváveis, reúne os diferentes, abraça os exilados, congrega os desconhecidos, colocando-os num mesmo lugar, seja ao redor da mesa para festejar, ou subjugados ao mesmo calvário, para ajudar alguém a morrer.

Foi assim. Subi o monte de duas formas. Conduzido pelos meus passos, mas também amarrado ao coração do condenado. Mistério que não sei compreender. O amor nos unifica. É a simbiose que nasce dos acontecimentos, a teia miraculosa que vai nos envolvendo, criando côdea, atando almas, configurando-nos como dentes de um mesmo sorriso, ainda que diferentes.

O que nos aproxima uns dos outros? O que nos faz querer a proximidade, estar ao lado, dividir o pão, a sede e a fonte que a cessa? Que mecanismo é esse que nos encoraja a quebrar os embustes das hipocrisias e, livres como crianças, contar as misérias que nos são próprias, ausentes do receio de que não nos concedam absolvição?

Que mistério é esse que nos costura uns nos outros, levando-nos a criar cenas felizes, a acender uma fogueira, a estabelecer uma conversa sem rodeios, onde os medos são contados em meio ao riso, como se a agulha da fragilidade por ora deixasse de doer, continuando penetrante somente quando nas mãos dos que nos são estranhos?

Que sentimento é esse que nos desobriga dos aprisionamentos da carne, levando-nos a pisar o solo da gratuidade, o território da alma onde o amor é uma água limpa que nunca foi maculada pela desordem dos desejos?

A amizade é um encontro de almas que se reverenciam. Nesse encontro há a prevalência do mistério. Ter amigos é como ter uma religião. Exercemos a fé e temos a necessidade de ritos que evidenciem o que cremos. A vida ritual vai abrindo espaços dentro de nós.

E assim vamos sendo assimilados uns pelos outros, estendendo um manto sublime sobre a mesmice, erigindo um altar que não é para divindades, mas para nós mesmos.

A única revolução que pode transformar
as estruturas do mundo é a que realizamos no estreito
e delicado território da alma.

2

Eu não sei o quanto precisei andar para estar no alto daquele monte. Nem sempre as distâncias são mensuráveis. Um só passo pode representar uma estrada inteira, ao passo que uma estrada inteira talvez represente menos do que um passo. Tudo depende do ponto aonde precisamos chegar. Um passo na direção correta é mais significativo do que andar uma estrada inteira para um destino que não nos convém.

Mas há distâncias que não são geográficas. São as estradas da alma, percursos que nunca são percorridos por nossos pés, porque são espirituais. Tenho aprendido. Só pessoas especiais podem nos fazer andar por essas estradas. É preciso que tenham autoridade afetiva sobre nós para que nos convençam a seguir adiante. Caso contrário, não o fazemos.

Ao percorrer a estrada que me levou ao Gólgota, local onde meu amigo foi sacrificado, trilhei bem mais do que uma estrada geográfica, um itinerário que pode ser identificado nos mapas de Jerusalém. As estradas que precisei andar não estavam sob meus pés, mas dentro de mim.

Acompanhei os passos do condenado porque a Ele eu estava atado. Nele eu me reconhecia, como se uma sutura existencial nos configurasse parte de uma mesma trama. Sim, naquele galileu que arrastava a cruz pelas vielas da cidade eu também estava. Dois homens num só. Mas distanciados por diferença. Enquanto um deles tinha o corpo exposto ao escárnio da multidão e sofria publicamente as consequências da ira humana, o outro estava sob o manto de seu medo. Dois condenados. Um pelo povo. O outro por si mesmo.

Minha vergonha. Ainda que reconhecesse a simbiose, eu não conseguia me aproximar para lhe oferecer meu abraço amigo.

Quanto mais me escondia, muito mais me tornava consciente do quanto a Ele eu estava atado.

Ele me fez estabelecer a síntese das andanças e procuras de todos os que me antecederam. Naquele homem estava a concretude de tudo o que toquei de teórico, a consumação do que escutei de palavra, corpo-verbo que atualizou no tempo de minha história o eterno de minhas esperanças.

Comunhão. Essa é a melhor definição. Encontro de singulares que a amizade pluralizou. Dois seres que o verdadeiro encontro congregou e tornou um só. Olhar que nos fez descobrir o parentesco espiritual e que nos encaminhou ao desejo livre de proximidade.

Foi assim. A vida nos configurou parte de um mesmo corpo. Simbiose. Mística pertença que o amor proporciona, quando pelo mistério da solidariedade, que nos concede hospedagem, o outro nos faz caber inteiros nos territórios do coração.

Ele era mestre em estabelecer vínculos. Não precisava de muito tempo para conquistar, diminuir distâncias e tornar-se inesquecível. Não é difícil compreender a grande revolução que realizou. Amou sem restrições por onde andou. Por todos os lugares promoveu o bem. Viu de perto os excluídos, buscou fora dos muros da cidade santa os rejeitados, aproximou-se dos pecadores, fez amigos entre os leprosos.

Ele tocou feridas sociais. Falou sem medo sobre os abusos opressivos dos que possuíam autoridade religiosa e política. Desafiou os poderosos, ousou dizer que o poder só tem sentido quando significa serviço prestado, disposição para tornar melhor a vida daqueles que são governados. Sim, nunca compreendeu o poder como instância que outorga privilégios. Para Ele só uma coisa o poder concedia: responsabilidades.

Ele não se acovardou diante das injustiças. Criticou as heranças religiosas recebidas, banhando com nova luz o significado da Lei. Exaltou a liberdade, mostrou com a vida que a caridade é a oração que mais se apressa em chegar ao coração de Deus.

Ele conquistou a muitos. O motivo é razoável. É impossível esquecer os que nos amam miseráveis. É impossível não recordar o que nos olharam sem julgamentos, os que nos permitiram conhecer o delicado toque da misericórdia. Ele foi assim. Quebrou uma infinidade de regras. Religiosas e sociais. Num contexto religioso no qual prevalecia a crença de que a doença é uma manifestação pública da rejeição divina, Ele ensinou que Deus tem predileção pelos doentes.

Arrancou lágrimas dos que viviam à margem, dos que descobriram em seu ensinamento um par de asas que os faziam alçar os céus das esperanças, deixando no esquecimento a humilhação provocada pelo degredo.

Ele ousou dizer que Deus ama preferencialmente os pobres, oprimidos, fracos e pecadores. Ele fez mais. Diminuiu a distância que antes apartava os altares dos corações miseráveis. O nome impronunciável passou a ser Pai, Paizinho. Com sua palavra profética rasgou os véus do Templo, revelou a face divina a partir de exemplos simples, em todos eles salientando a alegria sentida pelo coração de Deus sempre que um filho perdido é encontrado.

Contou-nos que não faz sentido a regra religiosa que apregoa o desprezo divino pela miséria humana, e que ao pecador seja negado o direito de sentir-se amado por Deus.

Confessou publicamente a hipocrisia que viu de perto, indignou-se com ela e desconcertou as autoridades religiosas ao quebrar as distâncias que apartavam o povo do Santo dos Santos, ensinando, com simplicidade, que Deus mora a uma oração de distância.

Foi ao lado dele que redescobri o sentido da pertença religiosa. Foi pelos caminhos de sua voz que cheguei ao cerne de minhas origens judaicas, reorientando o significado da trajetória de meus antepassados, relendo com outros olhos o exílio, a travessia pelo deserto, a libertação, adentrando a terra prometida por outro ângulo, reinterpretando a história dos rostos que trago, escondidos no interior de minhas convicções.

Sou um homem povoado de muitos outros. Trago em mim uma coleção de vidas que a minha antecedeu. Vozes que falam alto no interior de minha consciência, identidades diversas que abrigo na memória mais profunda, e que nunca poderão ser expatriadas. Sou herdeiro de uma tradição. E Ele sabia disso. Sua amizade acendeu luzes sobre o porão escuro de minha ancestralidade. A partir dele pude me ver melhor. Sondei com destreza o contexto de minha fé. Identifiquei sem culpa as contradições de minha conduta. A felicidade não aceita negligência. Sem desprezar um só detalhe de minhas incoerências, fez-me querer o caminho mais difícil. O da conversão.

Talvez por isso eu tenha subido o monte. Ainda que sob o esconderijo da hipocrisia, lá estava eu, dando mais um passo na direção de minha verdade pessoal.

A intolerância com a fraqueza alheia é sinal de que o amor já fez as malas e partiu.

3

A tarde era triste. A cidade estava imersa em sombras. Por ser Páscoa, Jerusalém estava repleta de pessoas. Algumas pareciam indignadas. Choravam, gritavam publicamente palavras de defesa, ofereciam voz ao desconsolo de suas almas indignadas. É certo que viram de perto os milagres, ouviram e acreditaram nas palavras do condenado. É impossível não sofrer a dor dos que amamos. É um limite cruel, ver sofrer os que consideramos parte de nós.

Outras eram indiferentes. Certamente pertenciam ao grupo dos que não tiveram a graça de conhecê-lo, de sentir a profundidade desconcertante de seu olhar misericordioso. Não puderam ouvir suas convicções, sua forma tão particular de compreender questões humanas e divinas, tampouco tiveram a sorte de que suas vidas fossem modificadas por Ele.

Havia também as pessoas que o conheceram, que estiveram com Ele e que faziam questão de pedir a sua morte. A crueldade é fato comum na vida humana. Ao gritar uma sentença de condenação ao outro, de alguma forma tentamos ocultar os motivos pelos quais também deveríamos ser condenados.

Rejeitamos nos outros o que não suportamos em nós. A regra não justifica, mas nos ajuda a compreender os mecanismos de nossa crueldade.

Na noite anterior, eu o vi ser preso. Foi entregue aos soldados por Judas, um de seus amigos. A traição se deu no simbolismo de um beijo. Estranho. O gesto que demonstra amor também se presta a alojar a mesquinhez da infidelidade. Denunciado por um discípulo, por alguém que Ele cuidou, amou, chamou de amigo.

Logo em seguida conduziram-no à casa de Caifás, o sumo sacerdote. Foi o tempo tortuoso da espera. Ninguém sabe ao certo o que se passou na intimidade daquelas paredes. Intuo que Ele tenha sido sabatinado pelos anciãos e escribas. Nem todos o conheciam pessoalmente. Estavam curiosos. Queriam ver e ouvir de perto o homem que havia desafiado, com seus discursos públicos, as estruturas religiosas e políticas.

A sua fama de pregador revolucionário havia se esparramado de maneira muito rápida. Por todos os cantos se ouviam testemunhos da força de sua palavra. Seria o momento de colocar à prova os seus argumentos, arrancando-lhe, quem sabe, uma retratação, um pedido de perdão.

Mas não foi isso o que aconteceu. Tudo indica que Ele se manteve firme em todas as suas argumentações. Sustentou diante do poder religioso tudo o que havia pregado e ensinado ao povo. Em nada abriu mão da coerência que lhe resultou ser levado à presença de Caifás e seus amigos.

A tudo eu assistia numa distância segura. A distância da covardia. Mas só hoje consigo interpretar o meu agir assim. Naquele momento eu estava perfeitamente justificado por manter-me distante. Quando não temos coragem de fazer o que é certo, é natural que nos escondamos nos simulacros de considerações sensatas. Por vezes, o bom senso é o disfarce da crueldade. Ao estar hoje distanciado daquele momento, posso compreender minha covardia. O que naquele dia julguei ser prudência, hoje interpreto como traição.

Pedro foi mais honesto do que eu. Logo que foi reconhecido pelas mulheres, imediatamente negou qualquer ligação com o preso. Eu preferi ficar entocado no silêncio da omissão. Optei pela indiferença paralisante. Não o neguei aos outros. Fiz pior. Eu o neguei a mim mesmo. Uma pretensa sensatez foi meu refúgio. Albergado sob suas asas, perdi a oportunidade de estar ao lado do homem que havia tocado o mais profundo de minha alma. Não considerei a revolução que Ele havia realizado em minha vida. Permaneci justificado, certo de que não resolveria intervir. Desconsiderei que, ainda que de nada pudesse valer, o meu grito de defesa deveria ter sido dado. É o mínimo que se espera de um amigo. Que se faça presente no momento que dele necessitamos.

Mas não fiz isso. Ocultei-me numa postura covarde e desleal. O medo me paralisou o grito. Deixei de confessar, para que todos soubessem, que aquele prisioneiro era o melhor amigo que a vida havia me dado.

A traição mais vergonhosa não é a que oferecemos ao outro. Há um modo ainda mais cruel de sermos infiéis. Trai pior, ainda mais cruelmente, aquele que trai a si mesmo.

4

Depois do interrogatório, que varou a madrugada em ambiente reservado, Ele foi ter com escribas, sacerdotes e anciãos do povo. Era um pequeno concílio. Insistiram na questão da filiação divina. Ele não se esquivou das perguntas que lhe fizeram. Na coerência de sua verdade, selou naquela hora o rompimento com a tradição que o viu crescer.

Depois das autoridades religiosas, as autoridades políticas. Pilatos o interrogou a respeito da condição real que pregava ter. Mas logo que ficou sabendo que se tratava de um galileu, quis se esquivar da responsabilidade de julgá-lo. Considerou que não se tratava de uma questão política, mas religiosa. E por ser um galileu, aquele assunto estava ligado à jurisdição de Herodes.

Pilatos sabia que Herodes estava em Jerusalém naquele dia. Por isso o enviou a este. Seria uma boa oportunidade para reatar os laços com ele. Todos sabiam que Herodes estava insatisfeito com o fato de Pilatos ter mandado matar alguns galileus, por ocasião de sacrifícios oferecidos em Jerusalém. Seria uma forma de se reaproximar dele. E assim foi feito.

Herodes não escondeu a satisfação de ter aquele homem diante de seus olhos. Há muito ele já havia escutado sobre os milagres e façanhas que o povo fazia questão de divulgar sobre o galileu.

Herodes estava curioso, queria ver de perto algum sinal extraordinário, qualquer coisa que pudesse comprovar tudo aquilo que havia chegado aos seus ouvidos. Mas nada pôde ver, tampouco ouvir. Muitas perguntas lhe foram feitas, mas nenhuma delas recebeu resposta. Irritado com aquela postura silenciosa, depois de humilhá-lo e vesti-lo com roupas resplandecentes, Herodes o reenviou a Pilatos, reatando naquele momento a amizade com o governador.

Eu acompanhei tudo. Escondido de mim mesmo, cravei meus olhos nos detalhes de cada cena, como se quisesse armazenar no interior de minha consciência um sortimento farto para a fome de minhas culpas.

Tentei ouvir todas as palavras que foram proferidas. Os discursos irados dos principais sacerdotes de Jerusalém, os argumentos dos magistrados, o grito do povo.

Pilatos não via motivos para a condenação, mas não quis se indispor com os judeus. Considerou desnecessário estabelecer aquele conflito. Mesmo assim, tentou livrar o condenado da sentença de morte. Alegou não ter visto nele nenhum crime, e ainda tentou encaixá-lo na regra de que, por ocasião da Páscoa, um preso fosse libertado. Mas a multidão não aceitou. Barrabás foi quem recebeu o benefício. E por isso decidiu entregar o galileu à decisão popular. O povo decidiu que Ele deveria ser morto.

E assim começou o seu sofrimento físico. Após ser flagelado e cingido ironicamente com uma coroa de espinhos, Jesus foi novamente trazido à presença de Pilatos. Recordo-me daquele momento.

A multidão, que até então estava muito perturbada, como se misteriosamente tivesse sido tocada pela mesma ordem imediatamente se calou. Um frio intenso perpassou o meu corpo. O governador romano, aproximando-se de meu amigo, puxou-o pelo braço, andou na direção do povo e gritou com voz forte: "Eis o homem!" A frase foi dita do alto de sua autoridade política. Ele havia feito a sua parte. A frase da entrega, da retirada. A partir daquele momento, o galileu era do povo. Ele estava renunciado pelo poder, dado como pertença pública, ovelha pronta para o sacrifício.

Eu escutei aquela declaração e por ela fui impactado. Sem perceber que o fazia, caí de joelhos. A voz de Pilatos ressoava em meus ouvidos. As poucas palavras se desdobraram em inúmeras outras, como se, no avesso daquela despretensiosa forma de livrar-se de uma responsabilidade, estivesse uma profecia alcançando a sua plenitude.

"Eis o homem." O sentido oculto estava clarificado diante de meus olhos. A resposta havia chegado. Tudo o que dele eu havia visto e escutado finalmente fazia sentido. Naquele homem humilhado, Deus estava escondido. Naquela carne açoitada, traída e maltratada, Deus estava revelado. Escondido e revelado. Tudo ao mesmo tempo. Mistério de fé que os céus me permitiam experimentar de maneira dramática e aterrorizante. Reconhecimento que se dava num turbilhão de culpas, misérias e arrependimentos.

No meio daquela multidão, eu me senti só. A pior de todas as solidões. A que nos ausenta de nós mesmos, como se braços invisíveis tivessem arrancado a alma do meu corpo e a tivessem levado para perto do condenado. Aquele homem humilhado e sofrido, exposto ao escárnio de todos, era o proprietário de minha inteireza. É assim mesmo. A pessoa a quem traímos torna-se proprietária de nossa alma.

"Eis o homem." A frase continuava me roubando. Fluía de mim toda minha verdade pessoal. Esvaziamento. Isso, bem isso. Aquela fala arrancava minhas estruturas religiosas e sociais. Tudo o que eu havia aprendido no Templo estava naquele momento sendo varrido por um vento forte.

A frase já silenciada de Pilatos é que dera o sopro inicial. De joelhos, ali, naquele local público, eu era um território sendo visitado de forma única e particular por Deus. Com o rosto por terra, chorei um choro que em mim estava guardado durante toda a vida. Aquele era o choro de minha salvação. O choro que me lavava de todas as minhas iniquidades. O choro que nascia do reconhecimento daquela verdade fundamental.

"Eis o homem." Na fala de Pilatos estava a minha nova profissão de fé. Nela eu encontrava um novo significado para os Livros Sagrados.

Aquela declaração me tomava pela mão. Fazia comigo o mesmo que meus pais, quando me conduziram pela primeira vez à sinagoga, desejosos de que eu pudesse adentrar os mistérios da tradição judaica.

Ninguém sabia, mas naquele momento eu estava finalmente adentrando a terra prometida. Moisés conduziu meus ancestrais. Pilatos conduziu a mim. Com sua frase profana, resultado de sua ironia e inegável omissão, o governador romano me fez caminhar na direção do coração de Deus.

Recordei-me dos ensinamentos dos mestres da Lei. Da memória que fazíamos à trajetória vivida pelo povo. O sofrimento no Egito, a fome, a humilhação, a ordem que o privava das salmodias, a negação da identidade. Mas, depois, a voz profética de Moisés arrancando as consciências da letargia que a escravidão havia provocado, a travessia pelo deserto, a maravilhosa intervenção divina, o corte miraculoso que dividiu ao meio o oceano, permitindo que o povo o atravessasse a pés enxutos.

Do sofrimento do Egito à terra onde corria leite e mel. A aliança divina com o povo o colocava na certeza de que Deus lhe havia preparado um lugar fértil, um lugar onde o povo reencontraria sua identidade.

Eu conhecia os detalhes dessa história. Ainda que não tivesse trilhado o mesmo itinerário que meu povo, nele eu me sentia incluído. Mas a frase de Pilatos me fez compreender a memória de meu povo, o todo vivido pelos meus antepassados, como um itinerário necessário para que eu estivesse ali e identificasse, naquele homem, a plenitude de minha pertença religiosa. A terra da promessa feita a Abraão, eu a encontrei naquele homem condenado.

Ajoelhado sobre o chão, onde todas as minhas misérias estavam rendidas, vi passar dentro de mim séculos e séculos de história. A totalidade da revelação divina estava naquelas palavras. Pilatos não sabia que o fazia, mas o seu veredicto final era o ponto de chegada das estradas por onde todos os meus antepassados caminharam.

Aquele governador desconhecia tudo isso, mas Ele estava misteriosamente costurado à história da salvação que desde menino eu conheci através de meus pais. Aquelas palavras me uniam aos patriarcas, aos profetas. Atavam-me aos rostos desconhecidos que honraram no tempo a fé que trouxe sentido à minha vida.

"Eis o homem." Eis a consequência do amor, a miséria humana acolhida por Deus. Eis o absurdo, o sangue divino gotejando o solo de Jerusalém, estabelecendo a definitiva aliança entre o céu e a terra.

Eis a nova regra teológica, Deus fugido do Santo dos Santos, do Templo, lugar onde só os puros podiam entrar. Deus ao alcance dos antes desprezados, das escórias, dos criminosos, dos doentes, dos pecadores.

"Eis o homem." Eis a minha terra prometida, eis a consumação da promessa feita a Abraão, eis a finalização da batalha, o desarmamento divino, a superação teológica, a manifestação gloriosa do amor, a mesa posta, o sorriso dos miseráveis redimidos.

No galileu, toda a humanidade hospedada. No corpo de um único homem, a comunidade humana escondida. Tudo isso eu aprendia naquela hora. Diante dos meus olhos eu encontrava o significado das Antigas Escrituras. E de repente a consciência. Sim, uma nova época estava nascendo. Naquele homem aparentemente derrotado, Deus estava se revelando vitorioso. Naquele homem humilhado, coroado de espinhos, Deus estava ardendo aos olhos do mundo, assim como um dia a sarça ardeu diante do olhar temeroso de Moisés. Um fogo que não consome, mas que se renova por si mesmo. Um fogo que nunca se apaga.

Quando a água escorreu pelas mãos de Pilatos, o grito do povo confirmou a sentença. Ele seria morto. Pior ainda, seria crucificado. A crucifixão, a mais cruel das condenações. Só os grandes criminosos a recebiam.

O seu crime? Propor uma nova interpretação da Lei, um jeito novo de compreender a relação entre Deus e os homens. Acreditar que Deus ama os marginalizados, os infiéis, os doentes e os pecadores. Essa postura incomodava. Quebrava as regras estabelecidas, ousava aproximar os que não eram bem-vindos, os que estavam justificadamente expatriados, colocados às margens das cidades e dos templos. Ele não poderia continuar vivo. Estava causando problemas demais para as estruturas religiosas e políticas de seu tempo. De mãos limpas, Pilatos o entregou aos açoites públicos. O sofrimento de meu amigo estava apenas começando.

Só a vida mística nos faz perceber a presença divina no coração das contradições.

5

Acompanhei a subida dolorosa. O caminho tortuoso estava repleto de pessoas. Ele viveu os seus momentos finais como viveu a vida toda: rodeado. Em outros tempos, pessoas interessadas em seus milagres e também em suas palavras vigorosas. Os motivos foram modificados. Naquela tarde, a grande maioria estava movida pelo impulso mesquinho de ver de perto a desgraça alheia. As tragédias nos revelam.

Durante a subida, três acontecimentos marcantes. A ajuda de Simão de Cirene, o gesto misericordioso de Verônica e o encontro com sua mãe.

Simão foi pego de surpresa. O homem forte e indiferente ao que se passava foi obrigado pelos soldados romanos a carregar a cruz para o condenado. Não queriam que morresse antes de chegar ao Gólgota. É provável que estivesse vindo de Cirene, lugarejo de sua origem, para festejar a Páscoa em Jerusalém. Eu pude ver seus olhos assustados recebendo aquela ordem. Olhou para o homem desfigurado e demonstrou repulsa. Entre ele e o ajudado não teve palavra. Retirou a cruz dos ombros de meu amigo e, obediente, começou a cumprir o que lhe pediram.

Mais uma vez fui vencido pelo medo de me expor. A covardia prevaleceu. Quis gritar o precioso significado que morava no avesso daquela cena, mas fui traído pela voz.

Simão não sabia que protagonizaria um acontecimento memorável. Ser ajudante de Deus. Ele estava amparando historicamente o filho eterno do Deus a quem ele certamente cultuava na sinagoga. Nunca ficara tão íntimo de Deus como estava naquele momento. Mas desconhecia esse fato. Seus olhos não foram capazes de quebrar a laje do acontecimento trágico que tinha diante de si. Simão não sabia, mas sua Páscoa não aconteceria no Templo, já estava se antecipando ali, naquela subida dolorosa. Ele estava amparando o Salvador de sua alma. Seu gesto aliviava a dor humana de Deus, o mesmo Deus que tantas vezes amparara seus antepassados.

O mistério que Simão não pôde perceber na hora. O ajudante é que era o verdadeiro ajudado. Seu gesto entraria de forma definitiva na história da salvação. E é certo que o Senhor o recompensará na eternidade.

Ao longo da subida, uma parada motivada por um canto de mulher. Ela quebrou a muralha feita pela multidão e se posicionou diante do Nazareno. Era Verônica. Arrebatada pela emoção que o sofrimento do condenado lhe causou, entoou uma melodia que me pareceu canção de ninar meninos. Ele se emocionou. É certo que teve a alma transpassada pela beleza da música. Fechou os olhos para ouvir. Reassumiu a expressão que deve ter possuído quando ainda era criança, quando, movido pelo medo que é próprio de quem ainda não domina as estruturas do mundo, corre para os braços da mãe para que esta lhe expulse da alma o medo.

A voz de Verônica estava tocada por tons maternos. A serenidade do canto diminuiu o ritmo cardíaco do meu Mestre. Ele respirava pausadamente, fazendo-me lembrar da noite em que o vi transfigurar-se no alto do monte Tabor.

Depois de cantar, a mulher se aproximou, e com um lenço de linho alvo enxugou, num mesmo movimento, carne, sangue, suor e lágrimas.

Com um sorriso breve, tímido, Ele agradeceu-lhe. Imediatamente os soldados a retiraram do caminho. Enquanto ela ainda retirava o lenço do rosto que fora enxugado, pude ver que o encontro estava eternamente registrado no branco do tecido. Quase ninguém sabia, mas Verônica viera para agradecer. O Nazareno a havia curado de uma grave enfermidade. Ela não queria ficar ausente no algoz de seu amigo. Sim, eles eram amigos. A cura os aproximou. Da cura do corpo nasceu cura ainda maior. Tornou-se seguidora, fiel observadora de seus ensinamentos.

Depois de Verônica, o momento mais marcante da subida. Parada à beira do caminho estava Maria, sua mãe. Quando a vi, corri em sua direção e segurei uma de suas mãos. Escondi o rosto de um jeito que Ele não pudesse me enxergar. Encostei minha cabeça em suas costas, e com a proximidade pude ouvir a respiração ofegante a revelar o doído amor.

Ela me percebeu. Sabia que eu também estava, ao meu modo, subindo aquele calvário. Solidária, como se sondasse as fraquezas do meu coração, como se fosse capaz de compreender as misérias que me impediam de estar ali sem o recurso dos disfarces, segurou firme minha mão.

A cena era triste. Trinta e três anos a distanciavam do menino ao colo, das delicadezas maternas que a configuravam como sentinela do divino homem, missão recebida sob as imposições históricas que não lhe permitiam grandes conquistas, mas que a devolviam ao lar com o poder de redimir o mundo a partir de pequenos gestos. Ninguém sabia. Ninguém sequer intuía, mas, naquela casa simples, sob a tutela de um carpinteiro fiel e de uma nazarena incrivelmente bela, Deus era conduzido por mãos humanas.

Era amamentado, tomado aos braços, curado de suas tristezas, aconchegado no calor dos corpos quando as noites eram frias, e banhado em águas frescas quando as noites eram quentes.

Nos assombros daquela tarde tenebrosa, é certo que as memórias da mulher estavam à flor da pele. A tragédia de seu filho lhe favorecia um retorno no tempo.

Os joelhos esfolados do homem crescido que dramaticamente subia na direção do calvário eram os mesmos em que um dia ela aplicou curativo nos machucados provocados pelas estripulias da infância. Só os motivos eram distintos. Na tenra idade, as feridas eram nascidas das brincadeiras, das quedas provocadas pela curiosidade do menino que se alegrava com o mundo, do garoto que se equilibrava sobre telhados, árvores e montes.

Naquela tarde, as feridas não eram filhas dos risos de outrora. Elas nasciam de motivos opostos. Nasciam de ódios, invejas, ressentimentos, intolerâncias. Elas eram desdobramentos da incompreensão humana, da coragem profética que seu filho teve de anunciar ao mundo o Reino de Deus. de revelar-se como Filho do Altíssimo.

Não houve muito tempo para o encontro. A multidão crescia e se aglomerava nas proximidades do condenado. Os soldados romanos pareciam ainda mais violentos. Era necessário manter a ordem. Algumas pessoas estavam raivosas. Mesmo sem motivos, cuspiam sobre o rosto de meu amigo. Os insultos nasciam de razões desconhecidas. O coração humano é um depósito de mistérios. A multidão encorajava a mesquinharia particular de cada homem e mulher que fazia com Ele aquele trajeto. É certo que muita gente fez daquele instante uma oportunidade de catarse.

Irrompendo a muralha humana que o rodeava, Maria chegou perto de Jesus. Ele se assustou ao vê-la. Breve parada durante a subida dolorosa. A vida inteira precisou se acomodar naquela pequena fração de tempo.

Protegido em minha covardia, pude ver o encontro dos olhos, a hora da despedida. Dele uma só palavra, nascida da dor, coberta de lágrimas: "Mãe!" Ela respondeu: "Estou aqui, meu filho!" E depois o silêncio. O olhar penetrando corpos e desvendando almas, rasgando o histórico da encarnação, alcançando o mistério que um dia foi comunicado por um anjo e que os entrelaçou, unindo assim, definitivamente, o tempo e a eternidade.

Ela buscou suas mãos. Levou-as na direção dos lábios e as beijou. Logo em seguida começou a acariciá-las. "O que fizeram com você, meu filho?" Ele nada disse. Apenas fixou nela o olhar e permitiu que as lágrimas rolassem como nos tempos da infância. A multidão se calou. Ela o abraçou com delicadeza. O sangue do filho foi aos poucos manchando as vestes da mãe. O sangue de sua continuidade, o que um dia lhe fora dado no ventre, agora lhe era devolvido de outra forma, envolvido por significados tão profundos que só o tempo poderá desvendá-los. Abraçados, ficaram um breve momento em silêncio. O que foi dito naquele abraço? Coisas que as palavras não sabem dizer. Confissões, memórias, súplicas. Abraços últimos são sempre fartos de revelações.

Antes que os soldados atentassem contra sua mãe, Ele a beijou e pediu que o deixasse prosseguir. Ela fez o que sempre fez. Não ousou retê-lo. Nunca esqueceu a regra humana de que a pertença do corpo é temporária. No anúncio que o anjo lhe fizera estava subentendido que não seria fácil ser mãe de Deus. Também tinha viva no coração a profecia de Simeão, de que uma espada de dor lhe transpassaria o coração. Naquele dia a triste profecia se cumpria.

Mas, antes de recomeçar a caminhada, o inesperado aconteceu. Vendo sua mãe se afastar, manteve os olhos firmes na direção em que ela caminhava. E foi então que Ele me viu. Mesmo tendo um manto a cobrir metade do rosto, Ele me viu e me reconheceu. Como posso saber? Impossível dizer. Digo que Ele me reconheceu por um motivo muito simples. A verdade se impôs sobre mim. O breve tempo de sua mirada foi o suficiente para que eu ficasse certo de que Ele sabia quem estava sob a proteção daquele manto. Meu coração bateu descompassado. O olhar não me recriminava. Em nada me imputava culpa. Era um olhar amoroso, desconcertante, profundo. Tive o ímpeto de correr na sua direção, mas não houve tempo. Enquanto Ele ainda me fitava, os soldados o empurraram com brutalidade, forçando-o a recomeçar sua subida.

Maria voltou-se para mim. Eu a abracei. Choramos juntos por um tempo que não sei mensurar. Choros diferentes. Ela, por ver o filho amado ser injustamente condenado. Eu, por não ter coragem de gritar que era amigo dele.

São as delicadezas humanas que
nos ensinam o sobrenatural.

6

Quando chegamos ao Gólgota, a tarde ardia sem nenhuma piedade. Subi logo atrás de Maria. Ela se ajeitou próximo ao lugar em que os soldados romanos haviam preparado o madeiro onde Ele seria crucificado.

Continuei buscando o distanciamento seguro. De longe pude ver. O Mestre estava desfigurado. Mesmo tendo recebido a ajuda de Simão de Cirene, Ele demonstrava total esgotamento das forças. Durante a subida sofrera inúmeras quedas. Um dos olhos parecia perfurado pelos espinhos que lhe colocaram sobre a cabeça. A coroa da ironia. O rosto estava deformado. Ele estava exaurido. Mexia os lábios como se quisesse se livrar de uma sede insuportável. Pediu água, mas ninguém lhe atendeu. A perda de sangue lhe provocou uma desidratação mortal. Ele estava trêmulo, como se sentisse um frio insuportável, mesmo debaixo daquele sol escaldante.

Quando retiraram suas vestes, sua carne viva ficou à mostra. Ele estava visivelmente envergonhado. Tentava cobrir-se com as mãos, mas os soldados lhe batiam e zombavam de seu pudor. Mais uma vez, o riso irônico da assembleia, que, movida por mesquinharias humanas, ria de si mesma, na nudez daquele homem.

Logo em seguida deitaram-no sobre o madeiro. A multidão se calou. O barulho seco dos cravos sobre seus pés e mãos se misturava ao gemido de seu sofrimento. Eu não tive coragem de ver nem ouvir. Tentei tapar os ouvidos, mas os golpes secos das ferramentas vararam minhas proteções.

De cabeça ainda baixa, pude ouvir as ordens do oficial que comandava a operação, exigindo que o madeiro fosse elevado. Um barulho de cordas misturou-se aos seus gemidos. E de repente o silêncio. Quando olhei para cima, pude vê-lo suspenso entre dois outros crucificados.

O silêncio foi quebrado pela multidão. Gritos e aplausos. Sim, a mesma multidão que dias antes o recebia e o aclamava pelas ruas de Jerusalém, cantando hinos e clamando "Hosana ao Rei!", naquela hora gritava satisfeita por vê-lo cumprir a mais horrenda condenação que um prisioneiro poderia receber.

A tudo eu olhava estarrecido. Reconhecia muitas pessoas que com Ele estiveram em momentos de pregação e milagres. O Gólgota estava repleto de covardes. Quanta ingratidão, pensei. Ele, que viveu para fazer o bem, de repente ali, renegado por todos, tratado como escória da humanidade, como criminoso.

Ele, que fez ver os cegos, andar os paralíticos, ouvir os surdos, falar os mudos. Ele, que alimentou os famintos, devolveu sonhos aos desolados, amor aos desamorosos, aconchego aos perdidos, de repente ali, exposto à humilhante condição de condenado, no alto daquela cruz, experimentando no retalho da carne sangrada o desprezo dos ingratos.

A crueldade humana não tem limites. Cresce com facilidade no coração que baixa guarda, que deixa de velar sobre si mesmo. E então ela se presta a ser catarse pública, quando nos utilizamos da condenação alheia para condenar nossas vergonhas.

A lucidez me visitou. Eu também estava fazendo o mesmo. De outro modo, mas o mesmo. Também eu não me encorajava a oferecer-lhe o olhar, a presença silenciosa que poderia lhe confidenciar um agradecimento, uma despedida amorosa. Mesmo depois de ter descoberto ser Ele a minha terra prometida, continuei escondido no abrigo de meus receios, protegido pelas justificativas produzidas por minha alma legalista.

Ele sentiu sede e eu não o socorri. Sentiu frio e eu não lhe ofereci o manto. Sentiu vergonha e eu não o protegi. Fiz o que todo mundo fez. Fiquei abrigado sob a proteção hipócrita do bom senso.

Logo abaixo de seu madeiro, ao lado de Maria, estava João, o discípulo. Mais ao lado, alojado num esconderijo de tristeza e sombras, pude ver José, o seu pai. Não me aproximei. Amarrei a experiência ali vivida e a guardei num canto do coração. Ainda hoje espero ser absolvido. Uma absolvição que nunca virá. A mais difícil das absolvições não é aquela que nos é oferecida pelos outros, mas por nós mesmos.

Eu e a solidão da pele, a nudez que me coloca lado a lado dos primeiros homens, quando a expulsão do paraíso inseriu a humanidade em uma labuta existencial que nunca terá fim. Uma nudez que a legalidade não pode cobrir, um frio profundo que nenhum abraço pode aplacar.

O entendimento não nos chega quando queremos.
O entendimento nos chega quando podemos.

7

Ele morreu só. Sim, ainda que estejamos rodeados de outras pessoas, a morte é uma experiência que nos aparta de todos. De nada valem mãos estendidas em nossa direção. A morte é um acontecimento que se vive em profunda solidão. Ele não se absteve dos sofrimentos que nos afligem. Sofreu até o fim os limites da condição humana. Com dignidade e nobreza, sorveu até o fim o cálice da amargura.

Ele viveu plenamente sua vida. Embora fosse Deus, em nada se poupou. Acompanhado por sua mãe e alguns poucos amigos diluídos no meio da multidão covarde, Ele se despediu do mundo. Finalizou a sua vida humana com um grito final de entrega. "Pai, em tuas mãos eu entrego o meu espírito!"

A voz nascida das profundezas das carnes feridas visitou meu coração. Foi um alívio ver o seu suplício terminar. As horas que duraram sua paixão pareciam intermináveis. Eu estava exausto. Sentia o corpo doído como se também tivesse vivido as mesmas flagelações.

Logo após seu suspiro derradeiro, uma tempestade caiu sobre Jerusalém. Assustada, a multidão se dispersou. Permaneci quieto em meu canto. A chuva forte lavava sem piedade a Cidade Santa. O cheiro de poeira deu lugar ao cheiro úmido que me reportava à quietude da infância, quando depois de forte chuva eu apreciava sentir o odor que a água impregnava no mundo. O mesmo acontecia naquela hora. O aguaceiro parecia reorientar a ordem perdida, como se a água redimisse a cena cruel, arrancando dela o seu caráter tenebroso, ressaltando somente as dimensões salvíficas daquele assassinato.

Tudo está consumado! Recordei-me de seu grito. Repeti a frase algumas vezes. Reverenciei as poucas palavras e tornei-me consciente do inesgotável caráter de sua riqueza. A plenitude aconteceu. A verdade divina está posta no horizonte da história. Uma riqueza incomensurável a ser descoberta e compreendida ao longo do tempo.

Minha consciência se iluminou. Havia uma sutura delicada amarrando meus antepassados ao acontecimento daquele dia. Jesus, terra prometida pelos céus anunciada. Emanuel, Deus entre nós. O crucificado era o nosso Redentor.

A chuva que caía sobre meu rosto recordou-me o batismo que João realizava nas águas do Jordão. A água e seu poder divino de curar pecados, lavar indigências, conceder filiação.

Senti que a chuva ultrapassava a estrutura de minha pele, atingindo o núcleo de minha existência. Eu nunca mais seria o mesmo. Estava consciente da mudança. Não retornaria à minha casa da mesma forma que havia saído. Careceria mudar de nome, tamanha a intensidade do que estava modificado. Foi com Ele que aprendi. Quando Deus acontece verdadeiramente em nosso coração, o nome antigo precisa ser substituído.

A novidade do vivido não cabe nas estruturas de antes. Simão tornou-se Pedro. O pescador tímido foi chamado para ser pescador de homens. Ao receber o dom implícito no novo nome, viu diante de si o futuro que Deus lhe preparava. A vocação alojada no nome. O projeto divino para sua história albergado no significado da nova identidade. Simão, o pescador, homem das águas que cedeu lugar a Pedro, o homem da pedra, dos alicerces. A mudança torna-se para ele o referencial da conversão. O antigo não é abolido, mas referenda o ponto de onde ele partiria para alcançar a plenitude do novo nome recebido. O mesmo que se dera com Pedro acontecia comigo.

Apesar de ter convivido durante tanto tempo com Jesus, somente naquela hora eu o senti desejoso de mudar o meu nome. Eu, que tantas vezes estive com Ele, desfrutando da intimidade de sua amizade, ouvindo-o e sendo modificado por suas palavras, nunca havia pensado que um dia também sentiria a necessidade de mudar meu nome.

Cessada a chuva, o Gólgota estava vazio. Um silêncio profundo envolvia o espaço. Aos pés da cruz ainda permaneciam Maria e João. Contemplei com demora a cena. O homem pendurado no madeiro. A mulher sentada a seus pés. O discípulo fiel absorto em sua desolação. Os três conjugados num só sacrifício. Em papéis diferentes, mas conjugados. A cena triste era também serena, como se uma aura sobrenatural estivesse depositada sobre eles, redimindo-os do desespero, fazendo ficar somente a tristeza.

Enquanto contemplava aquela cena triste, um pensamento me ocorreu, como se mãos invisíveis amarrassem teologicamente o Calvário ao Templo, o lugar dos sacrifícios.

Jesus morto na cruz, humilhado e exposto em nudez, recordou-me o servo sofredor da profecia de Isaías. E então, visitado pela luz do entendimento, disse a mim mesmo: "Ele é o Cordeiro Santo! Nenhum outro sacrifício terá sentido depois desta tarde." Aquela compreensão abria para mim as portas da Escritura Sagrada. Tudo estava consumado. O significado que até então estava albergado na letra das profecias, de repente saltou-me aos olhos.

O Cordeiro de Deus, o Messias prometido, estava crucificado diante de mim. A poucos metros de distância, ao alcance das mãos, o sangue divino corria sobre a pele ferida. Ele, Jesus, o Filho de Deus.

Maria sabia de tudo. Soube desde o início. Fora fiel guardiã daquele mistério. O menino nasceu de suas carnes. Ao aceitar ser a mãe de Deus, legitimou a presença humana no mistério da salvação. Por isso estava serena, apesar de assolada pela dor. Era certo que estava ciente de que o filho seria sacrificado. Aquela morte estava radicalmente coerente com as escolhas que seu filho fizera. Ele só viveu para os outros. Era natural que morresse da mesma forma. Ele jamais fugiria e tampouco mudaria uma só vírgula de tudo o que afirmou. Todos os seus gestos e palavras foram profundamente libertadores.

Tudo naquele momento fazia sentido. Eu experimentava em mim o caráter libertador da vida e morte de Jesus. Ele também me libertou. De amarras profundas. Ele me libertou. Eu era cativo de mim mesmo. Criara para mim um código de conduta que julguei honesto, mas me enganei. Desperdicei longos anos de minha vida.

A imagem que temos de Deus passa pelo que sabemos de nós mesmos. Se somos mesquinhos, é natural que o imaginemos limitado pelo mesmo mal.

8

Esqueceram de me contar que Deus é amor. Aconteceu. Não fizeram por maldade. É provável que tenham vivido a mesma restrição. Foram educados dentro de um contexto religioso em que a máxima sempre foi observar a Lei.

Não há nenhum problema em conhecer a Deus a partir da Lei. Não é prejuízo pautar a vida sob sua jurisdição. Só não é justo que a gente se prive de conhecer o avesso da regra, a trama que sustenta o seu significado, lá onde tudo é movimento amoroso, braços que se estendem para oferecer proteção.

Não é justo que a Lei seja dissociada de sua dimensão amorosa. As restrições que são postuladas por ela pertencem ao contexto do cuidado que educa. Mas se quebramos essa associação, a Lei deixa de sugerir bondade, torna-se amarra, fonte de privações, limita-se a ser um código impessoal que observaremos por imposição, e que desprezamos tão logo deixemos de ser vigiados.

A dimensão jurídica da religião é sempre bem-vinda, na construção do caráter humano. O respeito às regras divinas é sinal de amadurecimento místico. Mas há um detalhe a ser observado. Não basta obedecer. Carece que a obediência seja ato livre, movimento natural que o coração realiza, por reconhecer o valor que se alberga na regra.

A Lei sagrada não foi estabelecida para nos oprimir. Ela é fruto do amor divino. A primeira referência que dela temos está no livro de Gênesis, na passagem em que Deus ordena a Adão e Eva permanecerem dentro dos limites do paraíso.

Uma regra foi estabelecida. Mas não era sem motivo. Era para que o encontro fosse possível. O paraíso era o lugar delimitado para o encontro. Os limites estabelecidos facilitavam o encontro entre Deus e a humanidade recém-criada. O estatuto divino salvaguardava a Adão e Eva o direito de serem encontrados pelo Criador.

Vejam bem. Na ordem divina, temos a explicitação do caráter positivo da regra. No paraíso, obedecer não era somente uma obrigação, antes disso, era o direito de ser encontrado. Não ultrapassar os limites estabelecidos era garantir a proximidade com o Criador. Incomodado com essa harmonia, o Diabo resolveu agir. A serpente colocou no coração deles a dúvida. Eles deixaram de saber o que era realmente bom. Interpretaram a proteção como privação. A palavra amorosa, que recomendava desfrutar os limites do paraíso, foi distorcida. O direito foi interpretado como fardo e obrigação.

Mas o pedido de Deus não cerceava a liberdade humana. Permanecer dentro do paraíso era um exercício de liberdade. Sair também, mas nesse caso era preciso abrir mão de estar sob a proteção, que, para ser amorosa, carece estabelecer limites. Só quem ama estabelece, compreende e respeita os limites.

Mas não foi assim que me ensinaram. Passei boa parte de minha vida firmado no legalismo da regra. Nunca interpretei a obediência como um direito. Apenas como um dever. Fui privado de compreender que estar sob a autoridade divina era o mesmo que ser amado.

É regra da vida. Toda criança tem o direito de obedecer a alguém. Sim, é direito que não pode ser negligenciado. Por não ser capaz de decidir sozinha, é seu direito que alguém a oriente nas questões que escapam à sua capacidade de compreensão. É dessa obediência que nasce a confiança que lhe proporciona crescer e alcançar autonomia, liberdade interior.

É crime privar uma criança de direcionamentos. Não é saudável não estabelecer regras, limites. Mas é preciso explicitar os motivos. A proteção é desdobramento do amor, do desejo de que o outro não se perca, de que ele possa, pela observância saudável da regra, alcançar a liberdade que nos liberta de nós mesmos.

Mas eu desconhecia esse avesso. O texto sagrado não me comunicava outra coisa senão a restrição. Porém demorei para compreender o outro lado da legislação divina, que ali começou a ser estabelecida, e que finalmente foi entregue a Moisés.

A Lei não se limita a ser um estatuto de restrições. Ela é muito mais que um código moral a ser observado. Ela é fonte de vida. Por trás das palavras que ordenam um modo de viver, encontramos uma exortação ao crescimento, um conselho amável que nos encaminha ao aperfeiçoamento.

A Lei é um referencial de limites e possibilidades. Sobre esses dois pilares ela é edificada. Dela se desdobram direitos e deveres. A Lei nos possibilita quando nos limita, mas também limita quando nos possibilita. Não é um jogo de palavras. É a explicitação da complementaridade que lhe é inerente.

As duas dimensões podem nos favorecer. E disso eu fui privado. Deixei de conhecer a dimensão amorosa da Lei. Deixei de experimentá-la como um instrumento libertador que poderia facilitar minha relação com Deus e com a humanidade. Faltou dar o segundo passo. Não me ensinaram que na Lei o amor está albergado.

E assim tornei-me um religioso fiel, um profundo conhecedor de todos os estatutos que há séculos foram recrutados pela cultura religiosa de minha ascendência. Um homem que não se economizou no conhecimento das Escrituras, que honrou a tradição e que se esmerou para buscar a coerência que a letra escrita me pedia.

Amarrei a Lei ao corpo, cingi meus rins com a palavra sagrada, quis trazer grudada ao corpo a recomendação revelada aos meus pais, o sábio conselho que nos veio dos céus, trazido pelas mãos dos escolhidos, dos que trouxeram na alma a brasa da profecia, a voz humana que nos trazia os recados celestes.

Só assim modificamos o mundo.
Quando transgredimos a mesmice
que ontem nos pareceu satisfatória.

9

Só os livres obedecem sinceramente. Parece contraditório, eu sei. Mas a verdadeira obediência só é possível àquele que já alcançou a liberdade interior. Àquele a quem a Lei ultrapassa a razão e, alcançando-lhe o núcleo do ser, enlaça-lhe o coração, revelando-lhe seu caráter amoroso, libertador.

Antes da Lei, a liberdade. E depois, a natural compreensão de que obedecer é ouvir com o outro. É descobrir na voz que nos propõe a regra uma dimensão amorosa que é infinitamente superior à palavra que normatiza e que está escrita.

Mas minha obediência foi cega. Faltou-me mergulhar no sentido mais profundo das questões. Não dei o passo na direção da alegria que deve nascer da experiência religiosa. Assumi uma postura austera. Pensei que Deus me preferisse assim. Que Ele confiava bem mais nos que traziam no rosto uma expressão severa. Com isso me acostumei a não sorrir. Sepultei minha sensibilidade, minha natural capacidade de me encantar com a vida, e me limitei a ser um exímio observador da Lei.

Guardei o sábado, fiz jejum, prestei culto, mas fui privado de experimentar a liberdade que se desdobra da observação dos preceitos. Não me disseram que a Lei divina é antes de qualquer coisa um projeto de libertação.

Herdei esse fardo. Tornei-me um legalista extremado. Coloquei a Lei acima da vida. Quis, por meio da fidelidade, alcançar o conhecimento do Senhor, mas dele me perdi quando me distanciei dos humanos que me rodeavam. Sim, desvinculei a terra do céu, quis a eternidade sem a história, deixei de saborear a dimensão humana da religião.

Cometi esse absurdo. Ao pautar minha existência por uma interpretação equivocada sobre Deus, compreendi de maneira limitada as questões humanas. Desse equívoco restou-me um grande prejuízo. Não há como negar. O que cremos sobre Deus está diretamente ligado ao que cremos sobre nós mesmos. Não sei ao certo o que nasce primeiro. É uma trama perpassada de mistério a nos envolver.

Ao acreditar que Deus seria capaz de matar meus inimigos para me defender, assumi a mais nociva forma de vaidade, a espiritual. Sentia-me lisonjeado por pertencer à raça eleita, por fazer parte dos que gozavam da predileção divina. Tantas vezes ouvi a leitura dos textos sagrados, em que Deus era apresentado como aquele que ia à frente da batalha.

A proteção divina sendo manifestada ao povo pelo poder da guerra, pelos braços cruéis da violência. O amor nos sendo provado por meio de recursos em que há a prevalência do ódio e da intolerância com o diferente.

Já nos braços de minha mãe, recebi a crença de que Israel era a nação escolhida. A única desejada pelo Senhor. Ancorado nessa convicção, senti-me no direito de desprezar os que não herdaram os mesmos privilégios. Afastei-me dos estrangeiros, repudiei os impuros, desviei o olhar dos doentes, neguei auxílio aos que de mim necessitavam. Sempre amparado legalmente. Carbonizaram em minha alma essa arrogância. Eu me sentia superior. Interpretava minha pertença religiosa como uma instância que me atribuía privilégios.

A interpretação que fiz dos textos sagrados fundamentou em mim essas convicções. Li a letra pela letra. Extraí dela todos os imperativos que justificavam a minha arrogância. Não permiti que o sopro de uma inspiração superior varresse a poeira que o tempo depositou sobre ela.

E aqui estou eu. Envergonhado pelo volume de equívocos. Assustado por ter acreditado que o Senhor realmente havia ordenado a Abraão o sacrifício de Isaac. Eu nada vi além da cena. Não li as entrelinhas. Não permiti que o Senhor me revelasse que Abraão estava equivocado.

Não, Deus não pode ser pior do que nós. Eu, que sou marcado pelo pecado, jamais pediria que alguém matasse o próprio filho para me comprovar fidelidade. Como creditar verdade na hipótese de que Deus havia realmente pedido esse absurdo a Abraão?

O Senhor não pode ter ordenado o sacrifício do menino. Abraão foi quem não entendeu o pedido. Faltou-lhe ouvir melhor. O Senhor queria dele uma fidelidade superior. Era muito mais que executar uma ordem recebida. Era ir além. Era dar passos na direção de uma nova interpretação da obediência. Ainda que o Senhor tenha dito "mate seu filho", o seu grande desejo era que Abraão se iluminasse com a verdade, e que de seus lábios brotasse a confissão:

"Senhor, não vou lhe sacrificar meu filho. Sei que o Senhor não deseja esse crime cruel. O Senhor é um Deus de amor, a quem a morte não agrada. Esse é um momento de aprendizado. A obediência que o Senhor agora me pede é que meu filho seja preservado. O holocausto que o Senhor me solicita é de minhas antigas compreensões. Seu desejo é que caiam por terra definitivamente todos os véus que nos separam. Sim, essa é a matéria a ser sacrificada. Os limites que minha inteligência lhe imputa. As amarras que me impedem de alcançar e desvendar as verdades do seu coração. O filho a ser morto não é o filho da promessa. O filho a ser morto é o intruso que se alberga em minhas carnes e que polvilha minha mente com equívocos. Quanto a Isaac, o Senhor quer que eu o recolha amorosamente desse local, e que lhe explique o erro de minha compreensão, para que ele jamais tenha medo de sua presença e de seus pedidos."

Sim, nossas linguagens são limitadas. Dizemos e nem sempre refletimos o que dizemos. Tantas vezes eu falei desse pedido de Deus a Abraão na presença de meus filhos. Será que a crueldade da narrativa não me indicava que algo estava errado naquela forma de compreender a obediência? Como será que eles receberam essa narrativa sem o amparo de uma interpretação que ultrapassasse o legalismo da letra? Só ouviram que o Senhor havia pedido a vida do menino como prova de obediência. E só. Um pedido frio, cruel, que nega radicalmente a misericórdia divina, o elemento-chave que nos encaminha ao coração da Revelação que nos diz que Deus é amor.

Desde pequeno, aprendi que o menino só foi preservado porque Abraão obedeceu. Mesmo com o coração pesado pelo sofrimento, ele foi até o monte Moriá para realizar o holocausto. A ordem divina só foi modificada no último instante, quando a lâmina já estava posta sobre a criança.

A tradição nos diz que Isaac só foi preservado porque seu pai demonstrou maior amor a Deus que ao próprio filho. Mas qual é o benefício dessa interpretação? Ela não gera um desconforto na alma de quem a escuta? Um Deus que se revela pior do que nós? Que é vítima das próprias carências, e que em nome delas fecha os olhos ao razoável? Não é possível crer que o Senhor seja capaz de se alegrar com o que amamos, e que Ele não necessita de atos cruéis para se alegrar?

Desculpe-me, Abraão, mas não posso acreditar que
Deus me peça a crueldade. Recuso-me a crer em um
Deus com defeitos piores que os meus.

10

Não fui desonesto, confesso. Também não fui um homem mal-intencionado. Tampouco considero que tenham sido os que passaram pela minha vida que me fizeram crer como cri. Estávamos em penumbra, privados da luz. Ainda que estivéssemos certos de nossas posturas, andávamos atrás dos vestígios do Sagrado, desejosos de viver uma experiência verdadeira e profícua do Senhor.

Abraão é o pai da fé que recebi. Faço questão de honrá-lo com minha vida. Nele encontro a origem de tudo o que hoje posso sintetizar em mim. Meu antigo e precioso testamento.

Ao ousar reinterpretar o texto do sacrifício, não o faço com o intuito de banalizá-lo ou extrair-lhe a sacralidade. Abraão não é menos importante por ter se equivocado. Ele também estava sob as amarras de uma convicção que necessitava evoluir. Sim, Deus esbarra nos nossos limites para comunicar-se. Ele fica privado de dizer o que realmente pretende quando é vitimado pelos limites de nossa inteligência, de nossa cultura, de nossos contextos sociais e humanos.

Por isso a ação generosa do tempo, o natural encaminhamento das questões religiosas e a frutuosa experiência do distanciamento. Vê melhor aquele que tem o tempo a seu favor. A história, com seus ensinamentos, nos permite um novo olhar sobre o já vivido.

Foi o que aconteceu comigo. Estou imerso nessa convicção. Os desconfortos de hoje não são sem motivos. Fui acordado pelo homem que vi ser crucificado em Jerusalém, Jesus de Nazaré, o mestre que busquei por curiosidade, e que se tornou o melhor amigo que a vida me apresentou.

Nosso encontro foi determinante para que uma longa revolução fosse iniciada dentro de mim. Revolução que culminou na frase dita por Pilatos, no momento da condenação pública que o encaminhou à morte: "Eis o homem."

Eu já tinha escutado muito sobre Ele. Diziam que era um homem eloquente, portador de um discurso que arrebanhava multidões. Queria certificar-me de que eram verdadeiras as acusações de que costumava quebrar a obrigatoriedade da Lei.

Além de outros disparates, dizia-se Filho de Deus. Criticava publicamente as estruturas religiosas, e afirmava que as práticas rituais praticadas no Templo há muito haviam deixado de agradar a Deus.

Movido por essa curiosidade é que fui procurar por Ele. Eu o encontrei nas proximidades de Cafarnaum. Ele estava no alto de um monte, rodeado por muitas pessoas, num encontro marcado pela informalidade.

A princípio não pus atenção no conteúdo de suas palavras. Ative-me à maneira como as comunicava. A voz grave equalizava força e serenidade. Era gestual. Enquanto falava, prestava atenção nas pessoas como se estivesse a sós com cada uma delas. Era tão envolvente sua fala que nenhum ruído podia ser ouvido. Depois de observar sua brilhante forma de comunicar-se, passei a acompanhar o conteúdo de sua pregação. Ele estava fazendo uma sequência de frases iniciadas com a expressão "bem-aventurado". Um discurso poético, sensível, bem estruturado. As frases eram intermeadas com breves pausas, como se quisesse que cada palavra dita pudesse deitar raízes na mente de quem o escutava.

Ele era um comunicador eloquente, mas o contexto das palavras estava envolvido por um manto de contradição. Como se pode ser bem-aventurado mesmo sendo perseguido? Como considerar o sofrimento uma bênção, a calúnia, um sinal de estar no caminho certo, ou a lágrima, um bem enriquecedor?

Embora eu reconhecesse a beleza de seu discurso, e estivesse admirado com sua indiscutível capacidade de comunicação, discordava radicalmente da estrutura lógica de seus argumentos. Aquelas considerações me soavam fantasiosas e, por que não dizer, desconcertantes aos meus ouvidos. Ele feria minhas convicções. Sua voz adentrava o calabouço de minha história e revirava as estantes onde eu havia organizado de maneira harmoniosa os embasamentos teóricos de minha fé. Como se pode ser bem-aventurado e ao mesmo tempo sentir fome?

Foi então que fechei os olhos. Como se obedecesse a uma ordem desconhecida, interrompi imediatamente meu processo de perguntas.

Aos poucos suas palavras foram se acomodando em mim, como se por um instante eu perdesse a capacidade de identificar nelas qualquer fragilidade lógica. Absorto na melodia de sua voz, comecei a me sentir tocado pelas suas contradições, como se nelas albergasse uma verdade que não podemos acessar pelas vias da inteligência, mas somente pelas vias da sensibilidade.

Enquanto Ele falava, eu me aproximei. Ele me percebeu. Olhou-me com profundidade, mas não interrompeu sua fala. Notei que, mesmo sem dizer, desejou-me boas-vindas. Sua postura acolhedora me sensibilizou, provocou em mim uma natural admiração por Ele.

Notei que a Ele não interessava quem eu era nem de onde vinha. Interessava que eu estava ali, diante dele, ouvindo suas palavras.

Fiquei ainda mais próximo. Ele apontou um lugar para eu ficar à sua direita, mas imediatamente lhe fiz um sinal dispensando a gentileza. Ele continuou pregando. Em pouco tempo, o impossível tinha acontecido. Eu estava arrebatado por Ele. Sua maneira eloquente de falar retirou as armaduras intelectuais que eu costumava usar. E foi com a alma desprevenida que ouvi a frase que iniciaria uma grande transformação em minha vida: "Bem-aventurados os puros de coração, porque verão a Deus!"

As palavras atravessaram meu coração. Como uma flecha a ferir a carne, a fala do Nazareno varou as estruturas de minha alma. Uma fala particular. Sim, apesar de estar rodeado por uma multidão que o ouvia, tive a certeza de que ela foi dita a mim.

Só os puros podem ver a Deus, repeti a mim mesmo. Pensei sobre o significado de ser puro. Imediatamente identifiquei a pureza como tudo o que não foi adulterado, o estado imaculado das coisas.

Pensei em mim. Trouxe a pureza para a dimensão espiritual. Recordei-me da inocência das crianças que ainda estão protegidas dos conceitos e preconceitos. Duas crianças se enxergam puramente.

Elas desconhecem as divisões religiosas, políticas, filosóficas, sociais. Elas ignoram qualquer outra coisa que não seja o fato de serem igualmente humanas. Um menino olha para outro. E o que ele enxerga? Outro menino. E só.

Só os puros verão a Deus. É verdade. Se quisermos encontrar o Senhor, teremos de nos despojar de tudo o que sobre Ele já sabemos. O conhecimento já alcançado não pode nos privar da novidade que ainda precisa ser revelada. Esquecer, ainda que seja por breves instantes. Para que a alma esteja disposta ao encontro. Ser puro é ter mãos vazias. É reconhecer que, apesar de já termos alcançado tantas coisas na vida, ainda nos resta espaço para receber mais. Não estamos prontos, não sabemos tudo. Não esgotamos as graças, não desfrutamos todas as virtudes.

Se não esqueço o que sei sobre Deus, posso me privar de encontrá-lo no inusitado. Deus habita o inesperado. Se saio de casa acreditando que só o sacerdote pode me fazer encontrá-lo, estarei exposto ao perigo de não o descobrir escondido nas carnes de um mendigo. Quem nos disse que à prostituta é negado o dom de nos oferecer o divino? Acaso minha alma estudiosa é preferida, aos olhos dele, à sua alma errante?

Alcançar essa pureza requer desprendimento. Eu estava coberto de fardos. Trazia comigo uma bagagem de conhecimentos que muito me orgulhava. Estudei a Torá desde muito jovem, e apesar de minha pouca idade, já era considerado um mestre entre os especialistas da Lei.

Eu precisava desaprender. Sim, esquecer o que já sabia. Desconsiderar, ainda que por um instante, o aprendizado, fruto de longos anos de estudos, e me doar à simplicidade, que pode nos proporcionar descobertas incríveis.

Não foi por acaso que aquelas palavras me visitaram tão profundamente. Há algum tempo eu estava mergulhado em uma aridez espiritual. Percebia que estava me desprendendo da mística. Meu papel na comunidade estava me reduzindo ao de um executivo da fé.

O fato de ser um referencial de consulta e discernimento trouxe-me a ilusão de ser diferente, superior. Aquele sentimento era maligno. Cavava um abismo dentro de mim. Eu estava distante de Deus. Conhecia de cor seus ensinamentos, mas há muito estava sendo vítima de uma observância cega, praticando uma pertença religiosa infértil.

Uma única frase de Jesus me fez ver tudo isso. O discurso que até então eu julgava contraditório de repente me fez perceber minhas contradições. Minhas desarmonias vieram à tona. Caíram por terra as armaduras de minha proteção. Identifiquei minha estranha forma de crer em Deus. Uma fé que me apartava do mundo, que me indispunha aos fracos e miseráveis. Que justificava meu ódio, minha vaidade, minha arrogância.

Que contradição! Compreender a pertença religiosa como um instrumental que me torna melhor que os outros. Não seria o contrário? Quanto mais eu me aproximar dele, muito mais devo reconhecer minha fragilidade. Não faz sentido viver uma fé que me indispõe aos fracos e miseráveis. Também eu o sou. Ainda que seja um fiel observante dos mandamentos, a debilidade humana está em mim. Sou um vaso marcado pela condição de frágil. Ainda que esteja inteiro, posso me partir a qualquer momento.

Imerso na mística daquela descoberta, repeti: *Só os puros de coração poderão ver.*

Há momentos em que Deus não pode ser encontrado
sobre os altares. Há momentos em que
Ele só habita o coração da dor.

11

Aguardei a multidão se dispersar. Já era noite. Ele notou que eu o esperava. Disse alguma coisa a um dos discípulos, e este veio me interpelar:

— Se quiser falar a sós, Ele o aguardará.

Imediatamente, coloquei o manto sobre a cabeça para garantir o anonimato e andei na mesma direção que Ele. Depois de um breve percurso, tempo que julgo não ter ultrapassado trinta minutos, adentramos uma pequena vila de pescadores localizada à margem do mar da Galileia.

Ele esperou-me à porta da casa e, como se já soubesse de meus receios, ofereceu-me proteção ao me convidar para entrar. Tão logo cruzei a porta de entrada, apressei-me em desculpar-me pela ousadia.

— Perdoe-me por incomodá-lo a esta hora. É provável que esteja cansado.

Ele sorriu. Andou na direção da mesa que ficava no canto da sala e, como se realizasse um rito santo, lavou as mãos e o rosto numa bacia que alguém deixara preparada. Após enxugar-se, convidou-me a fazer o mesmo. Aceitei.

Terminadas as abluções, fitou-me como se conhecesse todos os meus receios, e carinhosamente me disse:

— Nenhum cansaço pode nos afastar de um coração necessitado de amizade.

Comovido, agradeci.

— É muita generosidade sua receber um estranho na casa onde se esconde para descansar.

Ele desenhou um gesto pelo ar, fazendo-me entender que todo aquele espaço, a partir daquele momento, seria também meu.

Uma alegria indescritível perpassou o meu corpo, retirando de mim todos os receios que até aquele momento eu carregava.

— Tem fome?

— Não.

— Mas dividiria comigo um pedaço de pão?

— Não necessito, obrigado, estou bem.

Ele foi até a sala e retornou trazendo um pão já repartido em duas partes iguais. Logo em seguida, trouxe duas pequenas vasilhas com um molho.

— Coma. Você não sabe a que horas chegará em casa.

Recebi o pão, o molho, e agradeci.

Comemos em silêncio. O morno alimento me proporcionava uma agradável sensação ao céu da boca. Eu estava faminto, mas não sabia. A fome se revelou no momento em que toquei o pedaço de pão.

Enquanto comíamos, Ele me olhou e disse:

— Já não somos mais estranhos.

— Por quê?

— Porque nenhuma estranheza permanece quando saciamos a fome juntos.

Baixei os olhos e me encorajei para iniciar a conversa que me fazia estar ali.

— Tenho ouvido falar muito de você.

— E por isso veio?

Sua pergunta firme não afugentou a ternura da voz.

— Cheguei por um motivo e fiquei por outro.

Ele me entregou uma almofada, e com ela me acomodei melhor no chão. Ele fez o mesmo.

— Já vi muitos chegarem por motivos certos e irem embora por motivos errados. O contrário também já vi. Chegam pelos motivos errados e acabam ficando porque descobriram os certos. A mim não importa por que chegam, a mim importa por que ficam.

— Fiquei porque você me incomodou com suas palavras.

Ele sorriu.

— Eu sei. Embora fosse grande o número de pessoas naquele lugar, pude observar suas reações. Você se mostrou desconfortável com a proposta das bem-aventuranças.

— Considerei inadequadas.

— Sim, é realmente inadequado acreditar que possa haver alegria na tristeza, vitória na derrota. É inadequado acreditar que Deus possa manifestar-se nos miseráveis, gritar alto pela boca dos injustiçados, ou que possa revelar-se nas carnes do fracassado.

— Mas foi assim que aprendi.

— Terá de acrescentar outras coisas ao que aprendeu. E também terá que desaprender outras.

A voz calma repetia naquele momento a mesma técnica usada no sermão do fim de tarde. Colocava uma pausa entre as frases, como se conhecesse o itinerário que a palavra faria para se acomodar em mim.

— Esquecer é um ritual que nos aproxima do coração de tudo o que realmente já aprendemos. Só o esquecimento pode nos livrar dos excessos. Só depois dele é que percebemos o essencial.

Assenti com a cabeça.

— O sermão da tarde o deixou confuso.

— Num primeiro momento, eu o achei enganoso.

— Não estranho que tenha pensado assim. Ele fere alguns pontos importantes de sua herança religiosa. Coloca em questão muitas convicções que foram construídas na intimidade de seu lar.

— Sim. Creio que Deus se manifesta na vitória. Não na derrota. Desde a mais tenra idade, fui motivado a crer no Deus das batalhas, no Deus que combate à frente de seu povo, que vence e humilha os inimigos que lhe oferecem ameaças. Não estou acostumado a ouvir que ser perseguido é sinal de estar bem encaminhado.

Ele me ouviu, e ficamos em silêncio. A pouca luz da sala não me privou de contemplar seus olhos firmes sobre mim. Notei que Ele me investigava. Sem temer as consequências daquela inusitada cumplicidade, permiti que Ele se aproximasse sem reservas de todos os desconfortos nascidos daquela tarde.

Eu estava certo de que Ele tinha percebido o aquebrantado de minha alma. Ele estava cônscio de que sua voz havia rasgado meu coração, fazendo-me identificar a solidão em que estava mergulhado. Até o início daquela tarde, apesar de algumas inadequações, consegui sentir-me confortável em mim mesmo. Todos os desconfortos que me fizeram ficar, esperar a multidão se desfazer, segui-lo e entrar naquela casa, foram criados naquele curto espaço de tempo.

Ele retomou a palavra.

— Você está acostumado a experimentar a misericórdia pelo lado dos fortes. É mais fácil. Requer menos esforço. Mas também não é sem motivo. Sua fé lhe assegura estar ao lado de um Deus poderoso, bélico, capaz de cometer atrocidades para justificar seu poder e fazer prevalecer sua vontade.

— Mas esse Deus a que você se refere é o Deus de Israel, a herança que recebemos de nossos pais. Pelo que me consta, você também é judeu.

— Sim, e recebi a mesma fé. Mas é chegada a hora de reinterpretar a herança recebida. A luz chegou ao mundo. É preciso perceber que Deus não se limita a ficar no Templo, habitando somente os lugares santos. E por vezes é justamente lá que Ele não está. Há momentos em que Ele não pode ser encontrado mais nos altares dos sacrifícios. Há momentos em que Ele habita o coração da dor. E só. Ele não tolera mais a crueldade, a infertilidade dos ritos. O sacrifício que lhe agrada é outro. É o coração contrito, generoso, paciente, amoroso, reconciliado com os irmãos.

"Deus não aprova a segregação. Por isso Ele ultrapassa as muralhas da cidade. Para recolher os desprezados, para reintegrar o que foi banido, para cessar o degredo dos que foram condenados. O banquete só tem sentido para os que estão famintos. O doente é o primeiro a carecer do médico. A água é urgente, sobretudo, ao que está ameaçado pela sede. A vida nos ensina. Já erramos muito ao desconsiderar o bom senso. A crueldade é praticada debaixo dos véus do Templo.

"Ninguém está a salvo. É natural que você também tenha sido atroz em nome de sua fé. É provável que tenha sido cruel em nome de Deus. Acontece. Na tentativa de fazer prevalecer um valor teológico, atentamos contra valores humanos. Mas é um erro, você não acha? Há sentido em desprezar um ser humano para fazer prevalecer a glória divina? Vou além. A grandeza de Deus depende dessa humilhação?"

— Não, é claro que não.

Minha voz embargada confessou-se insegura. Por mais lógico que parecesse tudo o que por Ele era dito, feria-me profundamente concordar com suas premissas. Corroborar a meia-voz ajudou-me a não me sentir exposto a mim mesmo, ao tribunal particular que eu me oferecia naquela hora. Ele continuou.

— Porém, muitos se utilizam do desprezo porque querem a ilusão do poder. Quando lançam mão dos recursos da acusação, de alguma forma se apresentam como corretos. Não faz sentido agir assim. Ainda que tenha feito tudo de maneira irrepreensível, o homem deve olhar-se sem vaidade. Sabendo-se frágil, viverá diariamente o empenho de não sucumbir às artimanhas do pecado, e jamais admitirá que o orgulho venha a lhe dominar o coração.

— Mas essa maneira de pensar é muito nova para mim. Pautei minha vida pela convicção de que Deus me fortalece diariamente para que eu tenha condições de vencer meus inimigos.

— Contudo, não há problema em pensar assim. Ele realmente nos fortalece na luta contra os inimigos. Sua graça nos alimenta diariamente. O problema é quando interpretamos erroneamente quem são nossos inimigos.

— E quem são?

Ele me olhou e sorriu calmamente. Depois de uma longa pausa, recomeçou.

— Ó meu caro, não se iluda, o primeiro inimigo a ser vencido é você mesmo. A principal batalha a ser travada não é contra os que ameaçarão seu caminho. É contra você que terá de lutar. Para que não prevaleça o que há de mais mesquinho em seu coração. Os mais nocivos inimigos dos homens são os estímulos que os convocam ao fosso de suas misérias. São as realidades que reduzem sua capacidade de se decidir pelo bem, pela verdade, pela beleza. Por isso o maior inimigo é sempre íntimo. É no coração do homem que as escolhas são feitas. Escolhas que matam, ou que fazem viver.

"E por isso o desafio de cada dia é um só. Vencer as mazelas que o subjugam. As outras vitórias serão desdobramentos naturais dessa primeira. O território que precisa ser conquistado é seu coração. E então você descobrirá o amor como o caminho que o fará chegar a Deus."

— Mas o amor é um território ardiloso. Você bem o sabe. Afinal, o que é o amor?

— O amor tem muitas faces. Você tem razão. E há muitas faces a ele atribuídas que não são amor. O amor que realmente pode nos fazer conhecer a todos os outros é o que não se alimenta de interesses, que acontece naturalmente mesmo quando o outro não merece ser amado. É o território da misericórdia, e essa é a grande novidade que precisamos anunciar às pessoas. Deus é amor. Amor incondicional. A todos. Até mesmo àqueles que não podem adentrar os umbrais dos templos. Os que estão justificadamente apartados da pertença comunitária.

— Mas isso é revolucionário.

— Sim. Estamos falando de revolução. Toda autoridade religiosa precisa estar fundamentada nesse anúncio. Deus é amor. E só quando somos envolvidos por esse amor revolucionário é que podemos obedecer verdadeiramente aos seus preceitos. Só quando esquecemos a Lei é que aprendemos o que é o amor.

— Suas palavras são perigosas, não acha?

Ele riu, fazendo-me lembrar a pureza de um menino.

— A palavra que propõe liberdade será perigosa a qualquer tempo e lugar, meu caro. Não basta convocar o povo à obediência sem antes apresentá-lo ao coração da Lei. E o coração da Lei é o amor de meu Pai. Para isso estou aqui. Para viver com radicalidade o perigo dessas palavras. Se quiser me seguir, terá de assumir o mesmo risco. Não é possível evoluir sem transgredir.

Essa palavra é transgressora, sim, pois coloca em questão o que os mestres da Lei nos ensinam no Templo. Se o ser humano não for apresentado ao amor de Deus, nunca será capaz de obedecer livremente.

— Mas e os que obedecem condicionados? Não há valor nessa obediência?

— A questão não é bem essa, meu caro. Não se preocupe com isso. Deus sabe ler todos os corações. Ele será justo. Julgará de acordo com a história pessoal vivida. Mas há um prejuízo humano inegável no que obedece sob as rédeas do condicionamento. Fica privado de saborear a obediência amorosa. Deixa de tocar a dimensão positiva da Lei, o núcleo de onde Deus comunica ao mundo o que há de mais belo, justo e verdadeiro.

— E como podemos diferenciar os obedientes livres dos condicionados?

— Identificando a alegria com que servem a Deus. A experiência do amor de Deus nos faz felizes, realizados, ainda que mergulhados nas misérias do cotidiano. E então estaremos desobrigados dos fardos da pertença religiosa. Será natural em nós viver as regras divinas.

— Mas esse é um itinerário difícil de ser alcançado, não acha?

— Sim. O desafio é grande. Mas precisamos encaminhar o povo ao conhecimento dessa verdade. O amor que recebemos do Pai nos faz amar também. A liberdade que alcançamos nos faz libertar também. E assim o ciclo nunca terá fim. Porque sou amado, amo. Porque sou perdoado, perdoo. Porque sou libertado, liberto. Porque estou saciado, sacio. Porque estou esclarecido, esclareço. Veja bem. O dom recebido se desdobra em serviço. Essa nova maneira de entender as preferências divinas é revolucionária. O amor que dele você recebe não pode enchê-lo de vaidade, mas de responsabilidade. O serviço que você presta em sua comunidade não pode lhe autorizar uma postura arrogante. O poder é serviço, meu caro. O poder é serviço. Ele não pode ser causa de orgulho, arrogância, vaidade.

Aquelas palavras provocaram a nudez de minha alma. Senti-me envergonhado. Mas, antes mesmo que eu pudesse dizer algo, Ele continuou:

— É mais confortável experimentar a misericórdia pelo lado dos fortes. É gratificante reconhecer-se generoso, altruísta, capaz de administrar bem as próprias fraquezas. Difícil mesmo é você experimentar a misericórdia pelo lado dos fracos. Ter de estender a mão, pedir ajuda, clamar por socorro. Não é confortável necessitar.

— Claro que não. Não é nada interessante saber-se necessitado.

A frase nasceu como resposta a todo o engasgo que sua fala estava me provocando. Percebi que minha voz tinha se alterado, e que as palavras estavam emolduradas pela ira.

Ele percebeu. E inclinando o rosto na minha direção, como se buscasse estabelecer ainda mais cumplicidade, recomeçou:

— Sim. Mas só os necessitados verão a Deus.

— Só os puros de coração, você dizia.

— São dois caminhos que se encontram. A pureza nos faz reconhecer que necessitamos. Ela nos encoraja a pedir o que nos falta. Ela nos livra da arrogância, do orgulho, da vaidade. Observe as crianças. Perceba como funcionam com simplicidade. Se estão famintas, pedem o que comer. Não se prendem aos escrúpulos dos já crescidos. Você sabe bem sobre isso. Chegou a esta casa necessitado de alimento, mas preferiu não aceitar no momento em que lhe ofereci. O orgulho nos priva de receber o que realmente necessitamos.

— Eu sei. Mas não sabia que sabia. Estava muito bem até encontrá-lo. Sentia-me confortável em mim mesmo. Mas tão logo suas palavras chegaram ao meu coração, identifiquei que há muito tenho me privado de receber o que necessito. Desaprendi com o tempo, ou nem cheguei a aprender de fato, não sei. O que sei é que tenho deixado de ver a Deus. Estou me limitando a ser dele um investigador, mas me privando da mística de saborear o que dele descubro. Sei de cor os fundamentos da Lei, mas estou esquecendo de colocar o rosto na poeira que me simplifica, que me devolve ao que realmente importa.

Ele sorriu e me fez sorrir também. Por motivos diferentes, mas sorrimos. Ele, por saber-se satisfeito com minha descoberta. Eu, inseguro por não saber o que fazer com o que havia descoberto.

— Sua sinceridade já o recoloca no caminho certo. Não é fácil ao coração humano reconhecer a verdade que o envergonha. Há alguns que morrerão sem ao menos terem tentado. Ludibriam a si mesmos, desperdiçam a vida mantendo fachadas que não correspondem ao que realmente abrigam no coração. E então, a infelicidade. Ela é consequência natural da incoerência. A todo momento encontro homens e mulheres aprisionados na hipocrisia nascida de suas posturas religiosas. São vítimas de uma fé que não atingiu o coração. São semelhantes aos sepulcros. Por fora, estão bem cuidados, mas o interior está tomado pela morte. Estão nos templos, ofertam sacrifícios, cumprem os preceitos, mas não permitem que a prática religiosa lhes transforme a vida. Carregam o fardo de se saberem mentirosos. Sim, esse é o pior de todos os fardos. Ele não é colocado pelo outro, mas por si mesmo. A hipocrisia torna-se um estilo de vida. O diabólico passa a ser intimamente alimentado, levando a pessoa a experimentar um descrédito que não passa pelo que o outro sabe sobre ela, mas um descrédito que lhe chega pela própria consciência. Os outros nos imaginam, mas nós sabemos quem somos.

Não consegui pronunciar uma só palavra. Em outras situações, certamente me revoltaria contra aquela abordagem. Eu era acusado e revelado em cada vírgula daquela conversa, mas em nenhum momento me senti agredido por Ele. A dureza daquelas convicções me tocava de forma positiva. Nas palavras de Jesus, eu vislumbrava uma oportunidade de dar um novo rumo à minha vida.

Visitado por esse sentimento, como se um sopro estivesse arejando cada cômodo de minha alma, percebi que Ele se aproximara. Senti sua mão tocando meu ombro. Uma emoção me dominou. Eram mais que dedos humanos. O toque de Jesus tinha o dom de atingir a totalidade do meu ser. Corpo e alma, o todo da minha constituição humana fora atingido pela mão pousada sobre mim.

— Não desperdice sua oportunidade de ver a Deus, meu caro. Não precisa desprezar o que a tradição já lhe ensinou. Todo conhecimento já conquistado pode ser usado a seu favor. Encoraje-se a ultrapassar os limites das muralhas da cidade. Deus está por lá. Volto a lhe dizer que não se esqueça. Há momentos em que Ele não pode ser encontrado sobre o altar do sacrifício. Há momentos em que Ele habita o coração da dor humana. Descubra-o nos pobres, nos marginalizados, nos doentes, nos miseráveis. Descubra-o em si mesmo. Não se prive de vê-lo de perto, de tocar suas vestes, de sentir seu cheiro, de tê-lo como companheiro de viagem, quando hoje voltar para casa. Permita que Ele saia dos Livros Santos, que Ele alcance os caminhos por onde andam seus pés, que participe da mesa de sua casa, que durma na mesma cama que você.

Um longo silêncio. A simplicidade com que falava de Deus me tocou. Sua voz parecia rasgar o véu que me separava do Santo dos Santos. Sim, essa era a minha sensação. Aquela conversa me permitia chegar ao lugar mais precioso do Templo. Sentia-me como um menino que fosse conduzido ao colo, a um lugar a que jamais poderia ter chegado sozinho. Não existiam mais obstáculos. Eu estava diante de Deus. Aquela consciência despertou meu pranto. E entre lágrimas, confessei-lhe:

— Quero ver a Deus. Mais que isso. Quero revelá-lo aos outros. Mas antes disso preciso quebrar, dentro de mim, as armaduras que moram em minha alma. Hoje descobri que estou equivocado em relação a muitas coisas. Eu me encaixo perfeitamente nesses que você disse manter fachadas que não correspondem ao que sabem de si mesmos. Tenho colecionado enganos. Tenho sido muito orgulhoso. Vaidoso de ser quem sou, de fazer o que faço. Pude reconhecer em mim uma vaidade espiritual que muito me envergonhou. Não sou um homem mau, mas também não tenho sido bom. Estou acomodado nessa zona de conforto. Esse espaço neutro entre bondade e maldade.

— É perigoso situar-se aí.

— Eu sei. Por isso quis ter esse momento. A aparente contradição do discurso convocou minhas desarmonias. Conheço bem o motivo. Não sou afeito à linguagem dúbia. Prefiro o discurso lógico, assertivo. O que pode ser compreendido sem entrelinhas. Considerei as bem-aventuranças perigosas. A princípio só queria discutir sobre esse perigo. Mas não posso negar que acabei sendo envolvido pelas questões que nasceram de nossa conversa. Cheguei por um motivo, mas estou ficando por outro.

A sala estava mergulhada em penumbra. Só o brilho tímido de uma chama acesa no centro da sala nos emprestava um pouco de luz. Ele apoiou a cabeça na parede. Era notório seu cansaço. Esticou as pernas, pousou as duas mãos sobre o colo, fechou os olhos e começou a me dizer:

— A verdade também se hospeda nos sinuosos territórios do perigo. É natural que a gente obedeça ao movimento que nos encaminha ao convencional. Gera menos conflito. Mas caminhos já desvendados nem sempre são os mais seguros de trilhar. Eles nos ludibriam ao nos fazer pensar que não oferecerão percalços.

Eu também estava cansado. Aquele dia surpreendente havia me exaurido as forças. Estava necessitado de permanecer em silêncio. Desejava que Ele continuasse, que dissesse tudo por mim. Mas a sua pausa me fez perceber que Ele esperava minha continuidade. Recrutei a voz e complementei:

— Todo caminho tem percalços. Mas a experiência nos dá condições de escolher o que nos fará chegar com mais segurança. É mais confortável não arriscar. Se sei para onde o caminho me leva, não vejo sentido em arriscar outro.

— Você não está disposto ao risco, eu sei. Trilhou um caminho seguro até os dias de hoje e tem motivos para desconsiderar outro caminho que não seja o já experimentado. Mas, no entanto, está aqui. Saiu de sua cidade e veio escutar um nazareno que gosta de pregar com palavras contraditórias.

Ele riu. Eu também. Sua voz estava tocada por uma ponta de ironia que me deixou ainda mais à vontade para sorrir desarmado.

Ele continuou.

— O perigo não é não chegar, mas perder a oportunidade de alcançar a chegada por outro lado. Se vou sempre pelo mesmo caminho, se nunca inovo o trajeto pelo qual venço a distância, posso ser vitimado pelo entorpecimento da mesmice. E então podemos até esquecer o motivo que nos fez buscar a estrada. Os caminhos perigosos nos mantêm alertas.

— É, preciso aprender.

— Você aprenderá.

Um silêncio profundo se estabeleceu. Eu continuava desejoso de permanecer ali, mas observei que seu cansaço era demasiado. E então eu disse:

— Preciso retornar à minha casa. — Ele me olhou e concordou.

— Sim, já é tarde. Mas antes quero lhe dizer uma última coisa. O campo de batalha já está vazio. Deus se retirou para preparar o banquete. A imagem serviu para nos ajudar a chegar até aqui, mas precisa ser superada. Não podemos justificar nossos ódios atribuindo a Deus a origem deles. Não se esqueça disso. Meu Pai é amor. Amor aos pobres, aos doentes, aos estrangeiros, aos pecadores. É para esses que o banquete está posto. Desse itinerário ninguém poderá fugir. Do campo de batalha à mesa posta. Ensine essa verdade aos que passarem pelo seu caminho.

Depois Ele se levantou e segurou minha mão para que eu fizesse o mesmo. Andamos até a porta, atravessamos o corredor da entrada e ganhamos a rua. A noite profunda mergulhava a pequena vila num breu de esquecimento. Antes de me despedir, resolvi dizer o que estava em meu coração.

— Eu gostaria de ser seu amigo. Ou melhor, gostaria de voltar a vê-lo.

— Será sempre bem-vindo.

— Vou onde você estiver. Mas nunca à luz do dia.

— Você tem medo do que os outros possam dizer.

— Sim.

— Venha sempre na madrugada.

— Virei.

— Saberá por onde eu estarei.

— Sim.

— Será o discípulo da madrugada.

— Pode ser. Gosto do nome.

— O discípulo da madrugada ainda teme a luz.

— Ainda.

— Temerá ainda mais as sombras da tarde.

— Não entendo.

— Entenderá um dia.

E então Ele se aproximou, deu-me um beijo no rosto, sorriu e se despediu de mim.

Para quem está farto de passado, o futuro
está sempre começando.

12

Há despedidas que nunca terminam. É um mistério que a vida nos ensina. O outro nunca parte totalmente. Fica pelo recurso da palavra que continua a repercutir o aprendizado que o encontro fez nascer, permanece pela lembrança viva que nos devolve ao olhar que nos amou mesmo quando não merecíamos ser amados. Assim aconteceu. Aquele encontro nunca teve fim. Pela palavra e pelo amor.

Em muitas outras madrugadas Ele me recebeu. Sempre disposto a me ouvir e a me ensinar com palavras e gestos. Ele tinha um profundo conhecimento das Escrituras. Sabia de cor os detalhes da Lei. Era também dotado de grande capacidade de ensinar. Fez-me ler os avessos que eu não havia enxergado ao longo da vida.

Ele amava as questões humanas. Com Ele aprendi que o Sagrado não pode ser compreendido fora de seu estreito vínculo com tudo o que é humano. Fez-me entender que a oração não se limita ao contexto dos templos.

Antes de se deixar encontrar nos territórios santos, é no estreito do coração humano que Deus é acessível. A vida nos templos é a socialização do que particularmente experimentamos. São experiências complementares. O rito que comunitariamente vivemos só tem sentido se abraçado ao cultivo de uma vida interior que perpassa todas as dimensões do cotidiano.

O tempo nos proporcionou viver uma profunda amizade. Com os devidos cuidados, algumas vezes, veio ter comigo em minha casa. Conheceu minha esposa, meus filhos. Nossos encontros aconteciam sob a proteção da madrugada. Conversávamos muito. Eu gostava de discutir com Ele a dominação romana. Apreciava a forma como abordava as consequências da escravidão na alma humana.

Ele sofria com o povo, mas tinha uma lucidez incrível a respeito da necessidade de se estabelecer uma nova forma de buscar a libertação. Antes da quebra da dominação política, a libertação religiosa. Tinha uma percepção muito peculiar a respeito da conexão entre essas duas libertações.

Se por um lado o Império Romano privava Israel de ser uma nação livre, por outro, lideranças religiosas se prestavam a escravizar o povo com interpretações equivocadas das Escrituras. Ele era incisivo ao denunciar que as amarras religiosas eram tão nocivas quanto as privações promovidas pelos dominadores de Israel. E por isso ressaltava tanto o protagonismo dos profetas, homens que se levantavam contra as estruturas religiosas e políticas, que corajosamente denunciavam os abusos, as distorções, a alienação que tantas vezes prevaleceu no coração de Israel.

Ele falava do Reino de Deus. Um conceito profundo que abrangia a totalidade da vida humana. A chegada do Reino se daria quando a humanidade se dispusesse a comprometer-se com os sofrimentos que lhes são inerentes. O amor aos mais fracos, o serviço aos necessitados, a busca da justiça que quebra as cadeias das dominações.

Salientava que, antes da libertação do corpo, do direito de ir e vir, é necessária a libertação da vontade humana. Para isso, o rompimento com o pecado, a aceitação da Redenção que Deus concederia à humanidade por meio de sua vida.

Aos poucos Ele foi me falando de sua condição de Filho de Deus. Achei absurdo, mas não questionei. Preferi me ater ao novo que sua presença me causava. Suas reflexões me faziam muito bem. Desde que comecei a ouvi-lo, senti um novo vigor em minha vida espiritual. Presenciei milagres, mas não os considerei mais importantes que suas palavras.

Sim, a sua palavra. Não havia distinção. Ele era o que dizia. Não havia um só detalhe de incongruência entre o dito e o vivido. O bem que pregava era o bem que fazia. As curas, os eventos miraculosos, eram sempre desencadeados pelo poder de sua palavra.

Ao seu lado, vi muitas pessoas sendo curadas de suas enfermidades. Cegos voltaram a enxergar, paralíticos, a andar, mudos, a falar, surdos, a ouvir, e mortos, a viver. Uma infindável lista de acontecimentos em que a restituição do que havia sido perdido acontecia diante de todos os que o acompanhavam.

Mas algo mexeu bem mais fundo dentro de mim. Não que eu não ficasse admirado com sua capacidade de curar fisicamente um enfermo. Não é isso. Era comovente vê-lo restituir as pessoas de seus prejuízos físicos. Mas uma realidade se sobrepôs a essas outras. O que realmente me fez querer com Ele permanecer foi sua capacidade de modificar a vida dos que por Ele passavam. Sua palavra tinha o dom de reorientar a vida dos que estavam perdidos. Sua maneira acolhedora devolvia confiança aos que a Ele chegavam desacreditados de si mesmos. Sim, esse dom me arrebatou.

Eu o vi muitas vezes. Esmagados pelo peso de seus pecados, muitos homens e mulheres foram atraídos por Ele. A princípio, acompanhavam-no a distância, mas tão logo Ele os percebia, fazia questão de convidá-los à proximidade.

Prostitutas, ladrões, publicanos, cobradores de impostos, assassinos. Gente que facilmente provocava a repulsa da sociedade. Menos a dele. Durante o tempo em que pude com Ele estar, nunca o vi temer pecados. O olhar era sempre de acolhimento. Como se o peso dos erros não importasse para Ele. Mais que isso, como se desconhecesse a conduta pregressa dos recém-chegados. Ele não demorava em congregá-los ao grupo, atribuindo-lhes responsabilidade e confiança. E então fazia o que sabia fazer de melhor. Amava-os. Oferecia-lhes um olhar cheio de futuro, sem ódio, mas curativo, renovador. Contava histórias que lhes faziam esquecer as condenações recebidas por outros e por eles mesmos. Falava-lhes sobre a misericórdia divina, e assim lhes permitia reinterpretar o passado, semeando-lhes as almas de sonhos, esperanças e coragem.

E assim retomavam o curso da vida. Curados de si mesmos, enfrentavam seus fantasmas, desmontavam os tribunais que levavam nas almas, expulsavam os algozes da culpa, e reassumiam uma vida livre das condenações injustas.

Conduzidos por sua palavra bendita, descobriam a natureza restauradora do arrependimento. E, munidos desse instrumento santificador, reencontravam a dinâmica da existência, o sagrado contentamento que nos faz querer a vida, ainda que farta de limites e imperfeições.

Ele nos curava da pretensão de sermos perfeitos. Mas nos sugeria a santidade. A cisão conceitual é necessária. É um crime compreender as duas coisas da mesma forma. A perfeição é um conceito amórfico que não pode ser aplicado ao coração humano. A santidade, sim. A perfeição não comporta limites. E por isso é desumana. Uma realidade perfeita é aquela que não carece de intervenções. Mas o coração humano nunca poderá se interpretar assim. Só o conceito de santidade corresponde à dinâmica da vida. Só Ele pode aconchegar o espírito humano e ao mesmo tempo desafiá-lo. Primeiro, o acolhimento de sentir-se amado. E depois, a expulsão do ventre.

Ao que se dispõe ao processo da santidade, todo dia é dia de sentir-se amado por Deus. Por mais precária que possa parecer a conduta, sentir-se amado é o primeiro passo para que a santidade seja possível.

O autodesprezo não cabe em um projeto de vida mística. Só quem se recolhe e se perdoa diariamente pode se dar o direito de querer ser santo. A vida nos fragmenta. Nossos limites são naturais. E são eles que abrem as portas de nossa desintegração. O pecado quebra a inteireza a que somos chamados. Mas os fragmentos podem ser reintegrados.

Só o amor é capaz de promover essa reintegração. O amor de Deus, que antes nos ama, mesmo quando não lhe apresentamos motivos para tal, provoca em nós o autoperdão. É o momento da amortização, do acolhimento da graça divina, que nos acalma e nos cura. E depois da cura, a expulsão que nos devolve à vida, para que não incorramos no erro de uma mística alienante.

A palavra bendita que acolhe também expulsa, desinstala, envia o coração aos desafios. Só assim um ser humano pode alcançar a maturidade. Acolhido e desafiado. O amor protege, mas com a mesma intensidade desafia. Porque só o amor sem máculas é capaz de nos oferecer essas duas dimensões. O conforto e o envio.

Num primeiro momento, o abraço que nos faz esquecer o pecado cometido. Mas, logo depois, o olhar que nos motiva um arrependimento que nos faz assumir as consequências dos erros cometidos. Perdoados, definitivamente curados de tudo o que já passou, recebemos o horizonte de um novo tempo, repleto de desafios e novidades que, cedo ou tarde, reencontrarão a necessidade do abraço acolhedor. E assim o ciclo da santidade nunca pode findar.

Com Ele aprendi a encarnação da espiritualidade. Até então eu me esforçava por viver a perfeição. E por faltar ao conceito esse movimento que tão limitadamente quis descrever, privei-me de experimentar o ventre amoroso da misericórdia. Limitei-me em viver a expulsão. E por isso fui tão cruel. Comigo e com os outros. Envergonhado de minhas misérias, resolvi deitar sobre elas um manto de hipocrisia. Para suportar viver. Derramei sobre o rosto um semblante que me protegia das perguntas que poderiam me conduzir ao calabouço de minha verdade. Fiz espectro de mim mesmo. Optei pela fachada da pretensa perfeição. E assim me causei um prejuízo que nunca poderá ser calculado. Mas ao vê-lo aplicar as regras da misericórdia, percebi que Deus me visitou o coração. As vidas que vi sendo transformadas me colocaram diante de minha própria vida. Sem disfarces, sem retoques. A crueza do outro me expôs assustadoramente a mim mesmo.

Foi o que aconteceu naquela tarde.

Julgamos insuportável em alguém o que antes é insuportável em nós. A condenação que fazemos do outro concede-nos a breve e ilusória sensação de que estamos curados do pecado que nele condenamos. Só os espiritualmente honestos reconhecem. A pedra que atiramos no outro atiramos em nós mesmos.

13

Todas as pedras estavam justificadas. O ódio e a intolerância eram protegidos por lei. A mulher foi flagrada em adultério. Seu nome era Madalena. Alguém se apressou em dizer que a Lei de Moisés previa apedrejamento. Tão logo o acontecimento tornou-se conhecido, uma multidão se formou em torno da mulher rendida.

Com o rosto em terra e abatida pela vergonha, ela esperava que a primeira pedra encorajasse as outras. Os gritos eram muitos. O estardalhaço não era sem motivo. A punição pública tinha caráter pedagógico, educativo. A desgraça do outro deveria motivar a retidão pessoal de quem assistia à cena. Dura punição. A morte como consequência do pecado. Exposição pública de uma regra divina que permitia o assassinato.

Eu me recordo do desconcerto daquela tarde. Protegido pelo anonimato que o manto sobre a cabeça me proporcionava, havia alguns dias eu andava com Jesus e seus discípulos.

Passávamos pelo lugar na hora do acontecimento. Jesus nos pediu que fôssemos com Ele ver o que ocorria. Obedecemos. Ele foi à frente, abrindo espaço. Os gritos eram muitos. Ele seguia em silêncio. Quando alcançou o centro da cena, abaixou-se e tocou a cabeça da mulher. Assustada, ela ergueu os olhos. Ele continuou em silêncio. A multidão se calou imediatamente.

Acomodado ao lado daquela que mais tarde saberíamos ser Madalena, Jesus fitou seus olhos. E depois de curto tempo de cumplicidade, começou a escrever alguma coisa no chão. Ninguém dizia nada. O silêncio era tão profundo que era possível ouvir o ruído dos dedos rasgando a crosta de poeira onde algumas palavras eram escritas. Depois Ele se levantou e perguntou:

— Por acaso há alguém aqui que nunca tenha errado na vida? Por acaso há alguém aqui que nunca tenha cometido pecado?

Firmando os olhos nos mais próximos, continuou:

— Se houver, por favor, não demore, encoraje-se, atire a primeira pedra.

O murmúrio não nos permitia compreender o que as pessoas diziam. Era como se uma confusão mental tivesse se estabelecido, provocada pelo questionamento público da regra mosaica, fazendo com que as pessoas resmungassem o desconcerto de se sentirem contraditórias. A pergunta arrancou a proteção. Sem os simulacros da hipocrisia, a multidão foi exposta à nudez. Ela tinha consciência de seu pecado. E esse esclarecimento fez com que interpretasse a permissão da Lei de um jeito novo.

O mais interessante é que em nenhum momento Ele se referiu à Lei. Ele não desmoralizou o preceito. Simplesmente conduziu a multidão ao contexto mais profundo de sua formulação. Ele não disse, mas a sua pergunta nos fez pensar. Podemos matar, mas a experiência nos mostra que não nos convém matar. Podemos matar, mas estamos sujeitos aos mesmos erros dos que hoje condenamos. Os erros não podem ser curados?

Ele propôs a conversão da interpretação. E assim a multidão foi libertada da obrigação de executar a sentença. Ao recrutar um significado mais profundo do preceito, Ele nos fez estabelecer um paralelo entre o que a Lei permitia e o que realmente sentíamos e pensávamos sobre o que ela nos permitia.

Foi um aprendizado libertador para a grande maioria. Alguns se retiraram indignados. É certo que encorparam o grito dos que mais tarde pediram a sua condenação. Mas o que se viu no rosto da maioria foi um sorriso singelo, próprio de quem descobriu uma verdade que cura feridas antigas, uma verdade que tem o dom de desfazer fardos pesados, de quem lançou por terra uma hipocrisia que insiste em privar o ser humano da dinâmica reconstrutora do perdão.

A multidão se desfez lentamente. Por fim, ficamos nós e Madalena.

Ele a ergueu do chão e lhe perguntou:

— Alguém a condenou?

Madalena olhou ao redor. Percebendo que nós também não a condenamos, com os braços voltados para o alto esbravejou, chorando:

— Não, Senhor! Ninguém me condenou!

Naquele momento, Jesus a abraçou. E depois de um breve tempo acolhendo o choro da mulher, sentenciou em seu ouvido:

— Tampouco eu a condeno. Vá embora, reconstrua sua história e não volte à vida que lhe trouxe a esse julgamento.

Ela nos olhou agradecida, a uns abraçou, a outros beijou as mãos, e depois saiu correndo na direção de um futuro que mais tarde saberíamos ter sido promissor.

Foi um acontecimento marcante. Nunca mais poderei me esquecer do conflito que ali experimentei. Por motivos muito consistentes. Aprendi com meu pai os motivos da multidão. É certo que também eu empunharia uma pedra, caso não estivesse com ele. Não tenho dúvida de que meu pai estaria entre os que a condenavam. Minha mãe também. Aprendemos a respeitar a Lei. Fomos educados para cumpri-la. Ela regulamenta a vontade divina entre nós.

Havia um pecado grave, descoberto por todos. A mulher se prostituía. A prostituição é inadmissível aos olhos de Deus. Volto a dizer. Todas as pedras estavam justificadas. A multidão poderia legalmente matar a pecadora.

A morte não seria em vão. Serviria para que outros aprendessem que o pecado não gera outra coisa senão a morte. Mas Jesus quebrou o invólucro daquela convicção. Sua pergunta atingiu o cerne da questão. A Lei pode estar acima do valor da vida? Em nome de Deus é permitido que atos cruéis sejam realizados?

Suas palavras nos fizeram ver que a condenação era lícita, mas não era moral. A Lei autorizava, mas a autorização incorria num gesto desumano. E se era desumano, é certo que não poderia agradar a Deus. Corrigir um pecado cometendo outro ainda mais grave?

Ao ver Madalena misturada ao pó da estrada, interpretada por todos como alguém a quem legalmente poderíamos vitimar, uma nova interpretação da Lei mosaica foi escrita dentro do meu coração.

Ainda que eu não pudesse ler o que na poeira Ele rabiscava, pude intuir que seus dedos atingiam muito mais que o chão que pisávamos. Não era na terra que Ele escrevia, mas em nós, em cada pessoa que honestamente o observava reinterpretar as recomendações mosaicas. Ele e a Lei. Ele e a liberdade de fazer o que é certo, mesmo quando parecia descumprir a jurisdição divina.

As perguntas dele quebraram nossa legalidade. Palavras diretas ao coração. Verdadeiras, reveladoras. Se fôssemos considerar as razões que nos legavam o direito de atirar as pedras, também deveríamos assumir o centro onde elas seriam jogadas.

O aprendizado daquele dia. Há momentos em que promover o que é certo consiste em fazer o que é errado. Contraditório, eu sei. Mas Jesus me fez ver que a transgressão é tão necessária quanto a obediência.

Ao se aproximar de Madalena e lhe oferecer uma chance de se livrar do apedrejamento, Jesus transgrediu a Lei. Mas esse gesto transgressor estava atado à sua obediência ao Pai. Ao aproximar-se da mulher pecadora, Ele lhe concedeu a possibilidade de um novo código, de uma nova maneira de interpretar suas fragilidades.

Madalena era o território da antiga regra, a revelação que também eu tinha herdado de meus antepassados. Por isso ela aceitava a tudo tão submissa. É certo que também não ouvira falar que Deus é amor. Ela estava escravizada pela mesma Lei que seus condenadores.

Deve ter aprendido que Deus pune com a morte os que não cumprem seus preceitos. A fé que recebeu lhe ensinou que Deus caminha à frente de seu povo, combatendo os inimigos, passando-os no fio de sua lança. Sim, a fé aprendida lhe ensinou que Deus se suja no sangue das guerras, na lama dos combates, nas trincheiras dos ódios.

Madalena professava a mesma fé que todos os que faziam parte daquela cena condenatória. Haviam crescido juntos, nos arredores dos mesmos templos, ouvindo as mesmas lições. Ela tinha consciência de que a vida lhe retirara da condição de amiga de Deus, passando a pertencer ao grupo dos que deveriam ser exterminados.

Do aprendizado de uma vida inteira à tarde de sua condenação. O rosto por terra declarava publicamente que a justiça divina seria cumprida. Ela já estava rendida, pronta para ser sacrificada, mas eis que um homem toca o seu corpo. Nele ela encontra um olhar diferente de todos os olhares que já havia recebido na vida. Algo em seu coração se quebra. Aquela presença a faz reinterpretar os motivos que a tinham jogado no chão. A compreensão equivocada se desfaz. Deus jamais desejaria a morte de alguém. Ainda que pecador, desobediente, infiel. Essas mesquinharias são nossas. Somos nós que cometemos esses absurdos. O amor com que amamos é marcado pelo limite, mas o amor divino é infinitamente superior ao nosso. Madalena compreendeu tudo isso ao ser olhada por Jesus. Se ela, que nasceu marcada pelo pecado, era capaz de perdoar os que a ela ofenderam, muito mais é Deus. Ela não poderia se render àquela condenação. Deus não desejava sua morte. A Deus alegra nosso arrependimento, nossa conversão, nossa retomada da vida. A Lei não poderia contradizer esse amor divino que nunca nega ao filho o direito de recomeçar.

Madalena experimentou essa dádiva. Ao ser tocada pelo Mestre, recebeu coragem para transgredir o preceito que a colocara naquele contexto de condenação. Era o início de uma libertação que nunca mais teve fim.

Só iremos nos despojar da vaidosa pretensão
de sermos melhores que os outros quando sondarmos,
sem escrúpulos, a nudez de nossa alma.

14

A mais nociva de todas as crueldades é a religiosa. Nada pode ser mais pernicioso do que colocar sobre o ódio um manto de santidade. Assim ficamos protegidos. Dos outros e de nós mesmos. Revestidos pelos simulacros da sacralidade, articulamos nossas maldades como se nascessem de boas intenções. E então o mal passa a frequentar o altar que deveria ser o lugar da bondade, e a armadura religiosa torna-se um disfarce para os maus, um recurso que empresta vestes santas aos promotores do Diabo.

Ninguém está livre dessa prática. Ela cresce também nos corações bem-intencionados. Por isso é necessário vigiar dia e noite nossas intenções. Todos somos vulneráveis. A fragilidade humana pode nos empurrar para esse contexto de crueldade. O risco é diário. Ele nos toca toda vez que precisamos lidar com os pecados do mundo.

Nós nos enxergamos nos outros. Estamos em constante comunhão. O fraco que caminha ao nosso lado nos recorda que somos fracos também. Nem sempre sabemos lidar com esse confronto.

A fragilidade alheia nos expõe. Nos pecados dos outros estamos refletidos. Seria frutuoso se esse reflexo nos tornasse solidários. Sim, se, ao perceber que sofremos todos de um mesmo mal, nos empenhássemos para acolher com mais serenidade as desarmonias que nos cercam.

Mas o contrário é que costuma acontecer. Numa tentativa de amenizar os desconfortos de nossas imperfeições, agimos cruelmente com os imperfeitos que caminham ao nosso lado. É como se quiséssemos matar no outro o que não suportamos hospedar na carne que somos.

O acontecimento daquela tarde me ensinou. Ao acusar o erro da pecadora, ao imputar-lhe uma condenação pelos pecados cometidos, as pessoas que compunham aquela multidão, de alguma forma, queriam esconder as misérias que possuíam.

O erro do outro nos acusa. Na fragilidade exposta nós nos reconhecemos. A hipocrisia nasce da incapacidade de reconhecer isso. Mais fácil é condená-lo. Bem mais confortável é matá-lo, reduzi-lo a uma lembrança desagradável, fazê-lo ausente. Assim nos livramos de nele ser refletidos. Desumana forma de cumprir a Lei. Ao apedrejar a mulher, muitos tentavam abrandar o peso de suas culpas particulares.

Madalena serviria de expiação para todos nós. Voltaríamos mais leves para casa, como se a tragédia alheia nos oferecesse um temporário esquecimento de que também somos frágeis. A breve condição de juízes, homens e mulheres que legitimavam a presença de Deus naquele estreito pedaço de mundo, nos fazia ignorar que, na mulher humilhada, estávamos inteiros.

A sentença de morte nos concedia poder. Ao executá-la, nós nos expúnhamos publicamente como preferidos de Deus. Ao nominá-la culpada, colocando-a diante de todos como exemplo a não ser seguido, amortecíamos dentro de nós as vergonhas que mantínhamos sob segredo.

Mas o gesto de Jesus nos apresentou uma nova forma de compreender a condição humana. Mais que isso. Apresentou-nos uma surpreendente maneira de compreender a Deus.

Suas poucas palavras nos fizeram repensar nossos direitos. A Lei, ainda que a observássemos de forma irrepreensível, ainda que nos permitisse o direito de apedrejar o que fosse surpreendido em adultério, jamais poderia contradizer o que sabemos sobre nós mesmos. A fragilidade faz parte do estatuto humano. Ninguém está livre de cair, sucumbir à concupiscência. Deus nos conhece. Sabe de que barro somos feitos. Não é possível que realmente deseje que sejamos mortos por nossos pecados.

É mais natural acreditar no amor que perdoa, reencaminha, reorienta. A fé em Deus deve nos tornar vigilantes. A experiência religiosa precisa nos fazer conscientes e observantes. Fortalecer nossa vontade para que o pecado não nos vença. É uma batalha diária, minuto a minuto.

O encontro com a pecadora nos colocava num processo de transição, como se uma mentalidade antiga cedesse espaço a uma nova à qual não sabíamos nominar. Não carecíamos sepultar a Lei, desprezá-la. O erro não precisava representar morte, mas aprendizado.

Ele disse isso sem o recurso da palavra. O olhar de Jesus quebrou em seu coração a descrença provocada pelos anos de indiferença religiosa. Rompeu o poder opressivo da Lei, a mesma que um dia lhe apartara do direito de reconciliar-se consigo mesmo cada vez que a fragilidade falou mais alto que seu desejo de acertar.

É assim que nos destruímos. No momento da necessidade não encontramos o amparo de uma convicção que nos faça olhar para o alto, que nos favoreça vencer o descrédito que o pecado nos provoca. É assim que fracassamos. Quando somos desfavorecidos pela arrogância dos que, em nome de Deus, nos interpretam piores do que somos.

Enquanto o ódio entulha, preenche o coração,
o amor se especializa em arejar, abrir espaços.

15

A nudez é sempre vergonhosa. É herança ancestral. Estamos entregues à solidão da pele desde a expulsão do paraíso. A desobediência nos expôs ao desconforto do limite. Não quero interpretar o texto do Gênesis. Apenas me limito a pensar nos significados da orfandade que nele se abrigam.

A existência humana é uma aventura penosa. É doído ser gente. Nosso empenho é constante para desfrutar o deleite, ainda que temporário, que nos faz esquecer o desconforto.

Gastamos boa parte do nosso tempo tentando nos esconder da nudez original. Jesus me fez compreender isso. E esse aprendizado mudou meu jeito de olhar o mundo. Muitos pecados são cometidos e fomentados quando não temos clareza dessa necessidade. Muitos erros são cometidos por não sabermos interpretar o frio que a nudez nos provoca. Esse esclarecimento é revolucionário. Modifica o foco com que olhamos a miséria. O olhar modificado gera a misericórdia, pois nos permite ultrapassar as fachadas do outro.

Foi o que Jesus fez com Zaqueu, o homem que estava escondido na copa de um sicômoro, na cidade de Jericó, durante uma passagem sua pela região.

Eu não estava presente, mas soube por Ele do acontecido. O encontro com Zaqueu foi pauta de uma conversa que tivemos. Eu continuava inquieto com a desordem de minhas convicções. A sedução de seu discurso havia provocado uma inadequação profunda em meu coração. Era como vestir uma roupa que deixara de servir. O legalismo que até então havia sustentado a minha experiência religiosa foi problematizado por suas palavras e gestos.

Era tarde da noite quando chegou à minha casa. Fazia mais de uma semana que não nos víamos. Ele apressou-se em me conduzir ao quintal, onde juntos acendemos uma fogueira. E então Ele me narrou o encontro.

— Conheci um homem que você precisa conhecer.

— Por quê?

— Para perturbar ainda mais suas ideias.

Eu sorri. Ele também.

— É isso mesmo que me deseja?

— Sim. A verdadeira conversão só acontece depois de grandes conflitos.

A noite fria começava a ser envolvida pelo conforto do fogo. Aquelas palavras estavam em profunda consonância com tudo o que eu andava experimentando ao lado dele. Quanto mais eu me conflitava, muito mais eu me sentia próximo da verdade divina.

— O nome dele é Zaqueu. Errou muito na vida. E, pior, já se interpretava como um erro. Bem mais nocivo que pecar é sentir-se pecador. O mal é ardiloso. Entranha-se na alma e provoca a confusão. A pessoa perde a capacidade de se dissociar dos erros que comete. O pecado confunde o que ela sabe de si mesma. E então ela passa a se interpretar a partir das lentes pessimistas do demônio. Foi o que aconteceu com ele.

— Onde o encontrou?

— Escondido na copa de um sicômoro.

Um riso natural me fez aproximar-me do desconhecido em questão. Um homem se escondendo numa árvore é um fato interessante.

— Eu o percebi enquanto passava, acompanhado por um grande número de pessoas em Jericó. Notei o balanço da copa e parei. Em meio às folhas, a cara assustada me fez rir. Pedro me perguntou o que era, e imediatamente lhe assegurei ser um amigo que se escondia de si mesmo. Não pensei duas vezes. Segui o movimento de meu coração e pedi que ele descesse da árvore e me preparasse abrigo em sua casa.

— Fez isso sem saber quem era ele? E se fosse um criminoso?

— Mas foi por isso que o fiz. Eu sabia que se tratava de um criminoso.

Seu olhar destemido afrontou o meu. Mas uma afronta generosa, como se me convidasse a entrar com Ele nos labirintos daquela história, e juntos retirássemos do rosto do homem em questão a máscara de criminoso que a vida havia lhe colocado. Eu aceitei.

— Ninguém se esconde por acaso, meu amigo. Cada pessoa promove a coerência que pode. Não é sem motivo que alguém resolve se esconder do mundo. E para isso eu vivo. Para encontrar os que se escondem. Minha missão é junto dos que enfrentam a solidão do esconderijo. É lá que eu preciso chegar. São os escondidos que mais precisam de mim. Zaqueu era um deles. Tão logo ele ouviu minha voz e entendeu meu pedido, desceu da árvore e veio andar ao meu lado.

— E como foi a reação das pessoas?

— Como você sabe que sempre acontece toda vez que uma regra é quebrada. De espanto, indignação. Mas não me prendo nessas hipocrisias. Rechaçar os imperfeitos é um recurso muito utilizado por quem quer se esconder de si mesmo. Mas há os que interiorizam imediatamente o significado do gesto. Sorriem, aplaudem, abraçam o recém-chegado. Os inseguros partem imediatamente. A fragilidade espiritual, fortemente protegida pelos mantos da hipocrisia, não lhes permite conviver com os pecadores. Por um motivo muito simples. A miséria do outro lhes expõe a miséria pessoal.

— Mas o pecado do outro nos contamina.

— Só quando permitimos. Quando não dobramos o orgulho, quando olhamos com superioridade a fragilidade alheia, quando negligenciamos a solidariedade existencial que nos congrega como filhos de um mesmo Pai. Só assim o pecado do outro nos contamina. Quando nos faz prepotentes, quando abrimos mão de compreender a nudez como oportunidade de crescer no amor e na misericórdia. Se rechaço meu irmão que pecou, então cometo um pecado ainda maior que o por ele cometido.

— Nudez. Refere-se a Adão e Eva?

— Sim. A expulsão do paraíso fez com que os primeiros homens se sentissem nus. E desde então a humanidade tentou encontrar recursos que a ajudassem a vencer a vergonha. Muitos pecados nascem dessa tentativa.

— Mas então esses pecados estão justificados?

— Não. A questão é mais profunda. Não se trata de justificar os erros. Trata-se de compreendê-los com mais amplitude. A história de vida do pecador precisa ser considerada. A liberdade que a pessoa teve para fazer o que fez. É uma investigação que carece quebrar os invólucros das aparências. Não me refiro à liberdade que praticamos no dia a dia, quando podemos escolher o que queremos comer, ou aonde queremos ir. Falo de um dom mais profundo, de uma realidade que nos gesta, que nos faz querer o que queremos. É nesse núcleo que a salvação precisa acontecer. As outras esferas serão naturalmente transformadas, caso esta primeira e nuclear aconteça.

Ele fez uma pausa e me observou. Parecia interessado em perceber se eu estava acompanhando o que me dizia. A sabedoria de Jesus me surpreendia. Ele falava de maneira incomum. Quebrava frequentemente a lógica das regras a que estávamos acostumados. Confirmando que eu não perdia uma só de suas palavras, Ele prosseguiu.

— A experiência religiosa não pode se limitar a atingir o contexto das escolhas práticas. Essa liberdade é superficial. Ela precisa atingir o mais profundamente o coração humano. É lá que Deus precisa habitar. Se o ser humano alcança essa liberdade interior, então será capaz de compreender e praticar a observância da Lei com muito mais profundidade. É como chegar ao coração da obediência, meu amigo.

— Você tem razão.

— A vida nos ensina, os exemplos nos demonstram. Não basta fazer um homem decorar os ensinamentos de Moisés. É preciso fazê-lo chegar ao núcleo de si mesmo, lá onde Deus, de maneira amorosa e paciente, o motiva a obedecer. Mesmo quando não está sendo observado, não visto pelos outros. Obedece porque sabe que os mandamentos do Senhor lhe são favoráveis.

— Zaqueu entendeu tudo isso?

— Está aprendendo. Um coração machucado carece de tempo para retomar a harmonia. Mas está feliz com as mudanças acontecidas. Na noite em que fiquei em sua casa, pude ouvir sua história. Uma trama de erros e sofrimentos.

— E o que o fez subir na árvore?

— Ele se sentia pequeno. O número de pessoas era grande, e ele tinha dificuldade de ver o que estava acontecendo.

— Ele já o conhecia?

— Não, mas já tinha escutado falar.

— E, por ser pequeno, precisou subir na árvore para vê-lo melhor.

— Sim. Mas a pequenez que o motivou a alcançar o alto do sicômoro não era somente física. Zaqueu foi amiudado pela vida. Desde menino lhe faltou alguém que o ajudasse a lidar consigo mesmo. Sozinho, debandou-se e conheceu a perdição. Provou o amargor da maldade e com ele se acostumou.

— É estranho. As pessoas se acostumam com o que é ruim.

— Sim. Se lhes falta quem lhes eduque o desejo, passam a vida imersas no lodo da miséria, apartadas da nobreza que a alma, por vocação, hospeda. Foi o que aconteceu com ele. Faltou-lhe alguém que lhe ensinasse a aspirar às coisas do alto.

— Ele não tinha religião?

— Tinha. Mas quem disse que isso é garantia de alguma coisa? Tinha religião, mas não tinha espiritualidade. Duas coisas distintas. A religião é a antessala da espiritualidade. É o agrupamento humano onde podemos ritualizar o que cremos. A religião é o território da oração, do estudo, da convivência, da partilha que nos faz solidários. Mas a espiritualidade é que reveste de sentido tudo isso. Ela é o fruto que nasce naturalmente de uma religião vivida honestamente. Volto a dizer. Não basta ter a Lei cingida nos rins. É preciso tê-la inscrita no coração.

— É provável que Zaqueu nunca tenha escutado falar dessa distinção que você faz entre religião e espiritualidade.

Ele riu. Eu conhecia bem o motivo que o fez achar graça. Ele sabia que eu também nunca havia feito aquela distinção. Ao falar de Zaqueu, eu me referia era a mim mesmo. Tudo aquilo soava novo e revolucionário ao meu coração. Aquela distinção mudaria definitivamente meu jeito de pensar minha pertença religiosa. Ele, percebendo minha descoberta, pausou por um tempo a fala, permitindo que o silêncio se acomodasse dentro de mim. Depois recomeçou:

— Zaqueu estava privado dessa inscrição interna, particular. Quando subiu naquela árvore, só tinha a Lei, a religião. Mas quando desceu, imediatamente começou a conquistar a espiritualidade que poderá mudar sua conduta.

— Mas qual foi o fator determinante para que essa revolução se iniciasse dentro dele?

— Três coisas, meu caro amigo. Ser encontrado, ser escolhido e ser amado. Zaqueu se sentia seguro em sua camuflagem. Não pensava que alguém o descobriria ali. Mais que isso. Que alguém se interessaria pelo motivo de ele estar escondido. Ficou assustado quando o chamei pelo nome. Alguém sabia de sua existência. Tinha sido descoberto no lugar seguro que dissimulava a sua insegurança. Ele queria estar por perto, mas não se sentia digno. As convicções religiosas lhe apartavam do direito de estar às claras naquela rua. A vergonha provocada pelo pecado o segregava, o expulsava da pertença humana. Zaqueu era estranho a si mesmo. Desconhecia sua bondade, pois confundira sua identidade com os pecados que cometia. E então o meu pedido. Para que descesse daquela árvore e me preparasse hospedagem em sua casa. Meu pedido o desinstalou. O Antigo Testamento, que até então prevalecia em seu coração, foi imediatamente revogado. Como se a força profética de tudo que ele havia escutado ao longo de sua vida, e que permanecia adormecida, de repente reencontrasse o caminho da voz, e gritasse em seus ouvidos que a terra prometida também lhe pertencia.

— Eu o elegi naquela hora. Da mesma forma como um dia Davi fora eleito rei de Israel. O menor, o improvável, o último, o filho que estava escondido por ser considerado pequeno. Zaqueu sentiu o toque de Deus em sua história. O mar Vermelho estava aberto. Era possível atravessá-lo com pés enxutos.

— Gostaria de conhecê-lo.

— Procure por Ele em Jericó. Vai lhe fazer bem escutar sua história de vida.

— Zaqueu, o escondido que foi encontrado.

— Sim. Tenho compreendido que muitos se escondem porque desejam ardentemente ser encontrados. É como se a camuflagem fosse uma forma de gritar o que a voz não consegue. O esconderijo não é para se esconder, mas para evidenciar uma necessidade. Filhos rebeldes não fazem isso?

— Sim.

Com a resposta positiva, imediatamente pensei na conduta de Malcon, meu filho mais novo. Sempre que queria chamar minha atenção, cometia erros que pudessem despertar minha ira e consequente punição. E então complementei:

— Meu filho mais novo tem a rebeldia como principal instrumento de trabalho.

Rimos juntos. Ele já conhecia minha família. Tinha presenciado uma ocasião em que Malcon lançara mão de uma atitude rebelde com o intuito de despertar minha atenção.

— A rebeldia é uma comunicação que carece ser analisada pelo avesso. Um gesto agressivo pode estar associado a um pedido de socorro. A necessidade de ser amado leva o filho a ter comportamentos rebeldes. Mas o que ele realmente deseja? Ser visto, ser amado, ser reconhecido.

— Você tem razão. Mas como é difícil compreender os códigos da linguagem humana!

— Sim, meu amigo. A pessoa nunca pode ser totalmente decifrada. Por mais que tentemos decodificar o outro, haverá sempre a prevalência de um mistério que nunca nos será acessível.

A noite nos envolvia em seu silêncio. O único ruído que ouvíamos, além de nossas vozes, era o estralar da lenha, que se consumia aos poucos. Jesus estava absorto percebendo o movimento das chamas. Fiquei observando-o. Ocorreu-me o desejo de ter estado em Jericó naquela tarde com eles. Ver Zaqueu no alto da árvore, ouvir o pedido para que descesse e lhe preparasse hospedagem. Gostaria de saber como eu reagiria. Já soaria natural aos meus ouvidos aquele pedido contundente?

É possível mensurar o quanto já fomos transformados em nossas convicções? Talvez eu me ajuntasse ao grupo que considerou descabido aquele pedido. Não é da noite para o dia que nos livramos dos açoites do legalismo. Talvez não. Pode ser que minha alma estivesse envolvida pela mística do momento, e num ímpeto de natural acolhimento corresse para abraçar o recém-chegado.

Como se lesse o que eu estava pensando, Ele continuou:

— Será que você já seria capaz de acolher Zaqueu? Ou ainda se sente despreparado para desobrigar-se da observância dos preceitos que o nortearam a vida inteira?

— Não sei, Jesus.

E não sabia mesmo. Por mais que quisesse investigar o sentimento que a história me despertava, aquela informação ainda estava inacessível a mim. Por mais que tivesse achado inusitado aquele encontro, divertido, interessante, eu ainda não conseguia estabelecer um juízo de valor.

Ele continuou:

— Amar os imperfeitos, olhá-los sem os invólucros que a vida lhes colocou, requer muita liberdade interior. Recorda-se daquele dia em que encontramos Madalena ameaçada pelo povo? O que viam aquelas pessoas, uma prostituta ou uma mulher?

— Uma prostituta.

— Sim. E por isso queriam condená-la. Só a conversão corrige nossos olhos. Modifica a maneira como olhamos para os outros. Se olhamos para um homem considerando que é um ladrão, é provável que nunca sejamos capazes de lhe oferecer acolhimento. Mas se olhamos para o ladrão considerando que é um homem, pode ser que não nos custe muito dedicar-lhe um abraço solidário. Muitos pecados começam no olhar. É a partir dele que expulsamos, segregamos, condenamos. Mas se o olhar está convertido, Deus se utilizará de nós para comunicar aos perdidos o seu amor salvífico.

Imediatamente fui reportado ao nosso primeiro encontro, àquela tarde na Galileia em que uma frase perturbou profundamente minhas convicções: "Bem-aventurados os puros de coração, porque verão a Deus."

A frase reassumiu sua força, mas se desdobrou, como um rio que se reparte para criar outro. Só a pureza de coração nos possibilita conhecer a Deus. Sim, mas a mesma condição também se aplica ao conhecimento do ser humano. No avesso da palavra dita por Ele, posso encontrar outra que lhe é complementar. "Bem-aventurados os puros de coração, porque verão o homem." O primeiro passo da conversão é o encontro com Deus. O segundo é o acolhimento da condição humana. Sem máscaras, sem repúdio, sem preconceito. Só a pureza me proporciona olhar os meus irmãos sem as amarras de meus condicionamentos, sem as correntes de meus limites. "Só os puros verão o homem."

Os excessos que levamos nos impedem de encontrar os homens. E então nos limitamos aos rótulos produzidos pelo acaso de cada história de vida. Reduzimos covardemente a totalidade de uma existência que desconhecemos a uma opinião que ousamos ter. Aprisionamos frequentemente os outros em nossos preconceitos. E do ponto falso de nossa segurança, incorremos no erro de classificá-los a partir de nossas misérias.

Que libertador, pensar assim. Vértice (Deus) e horizonte (homem) aconchegados em uma mesma definição teológica. A bem-aventurança que despertou meu processo de mudança agora se amarra a outra, como se Deus quisesse colocar chão sob minha fé.

Absorvido pela novidade do pensamento que me envolvia, pude perceber que o olhar de Jesus estava fixo em mim. Foi inevitável não intuir que tudo aquilo que eu pensava tinha origem nele, como se minha mente estivesse intimamente ligada à dele, e misteriosamente Ele invadisse as minhas carnes, tomasse posse do meu corpo, e me habitasse naquele momento. Eu não estava errado. Era justamente o que acontecia. Ele era o regente de minha descoberta. Já devolvido a mim, pude ouvir a continuidade do que Ele havia pensado por mim.

— Enxergar o "homem" de cada ser humano requer a conversão do olhar. Se isso não acontecer, passaremos a vida aprisionados nos embustes de nossas primeiras impressões. A mesma pureza que nos facilita conhecer a Deus também nos encaminha ao conhecimento do homem. Só ela nos permite ultrapassar os rótulos humanos. Por isso, meu caro amigo, só os puros de coração verão o homem. Os impuros se limitarão aos disfarces, aos simulacros, aos rótulos.

— Sua sabedoria me espanta. Com quem você aprendeu tudo isso?

— Com aquele que em mim você não enxerga.

— Isso é um enigma?

— Não. Mas uma verdade que você só poderá conhecer depois de ter cumprido o trajeto.

— E quando esse trajeto será concluído?

— Na tarde das sombras. Aquelas a que me referi no nosso primeiro encontro.

— Aquelas que irão me causar medo?

— Sim. O itinerário o conduzirá ao alto de um monte. Só lá você será capaz de compreender quem eu sou. Por enquanto você só enxerga o Nazareno, como gosta de me chamar. Mas a voz de outro homem lhe fará uma revelação que ultrapassará esse rótulo, e o aproximará da bem-aventurança complementar que hoje lhe foi comunicada em mistério. E quando o madeiro estiver erguido, tudo o que já está semeado em seu coração florescerá plenamente. A declaração do homem fará com você o mesmo que a chuva faz com a semente escondida na terra. Despertará o que já é.

E antes que eu ousasse dizer qualquer coisa, que lhe pedisse explicação a respeito do que havia dito, Ele se levantou para ir embora.

— Fique mais.

— Preciso ir.

Vendo que de nada valeria lhe pedir que ficasse, levantei-me e fui com Ele até a porta.

— Obrigado por ter vindo.

— Quem agradece sou eu. É sempre bom estar com um amigo.

— Volte amanhã.

Ele fixou o olhar em mim, e com um leve sorriso me contemplou como se estivesse se despedindo definitivamente de mim.

— Não será possível. Nosso tempo terminou hoje. Em breve a madrugada será recolhida pelo dia, e não teremos outra. Só nos veremos agora na tarde das sombras. Mas nenhuma palavra nos será permitida. Ou porque lhe faltará coragem para dizer, ou porque estarei certo de que nada mais precisará ser dito.

E sem me dar tempo para uma única pergunta, beijou meu rosto e saiu pela porta, enquanto era engolido pela escuridão da noite.

E assim se deu comigo. Pelas mãos divinas Nele
humanizadas pude desprender-me da crueldade
da batalha e experimentar a delicadeza da mesa posta.

16

Foi a última vez que com Ele falei. Ele estava certo. Na tarde das sombras, nenhuma palavra nos foi permitida. Pelos dois motivos. Porque me faltou coragem, e porque Ele já sabia que nada mais precisaria ser dito.

Tudo estava consumado. Sim, a plenitude da revelação aconteceu. E a mim, de modo particular, com uma beleza que nenhuma palavra pode descrever. Embora subisse ao alto do monte carregado de culpas, embora acompanhasse aquele cortejo nos subterrâneos de um anonimato vergonhoso, eu estava certo de que jamais retornaria à minha casa da mesma forma que saí.

Nunca sabemos o quanto dessa estrada já caminhamos. O que andamos não pode ser quantificado. Só o tempo nos permite intuir as medidas, quando, ajudados pela experiência do distanciamento, conseguimos identificar o resultado que a peregrinação deixou em nós. As medidas a que me refiro não são geográficas. Falo de distâncias que não são alcançadas pelos pés, mas pelo espírito. A caminhada espiritual é que nos proporciona alcançar as distâncias mais significativas.

Só andamos realmente quando somos transformados. De maneira que uma longa estrada sem transformação conta bem menos que poucos passos transformadores. Não é a quantidade que conta, mas a intensidade do que vivemos.

Os rastros que ficam testemunham nossa passagem. E então podemos saborear as lembranças que os lugares nos despertam. Voltamos na geografia e nos deparamos com tudo o que a Ele ultrapassa. Os chãos que não são térreos, as paredes que há tempos já deixaram de ser simples matéria, a paisagem que se tornou sentimento.

Desde que comecei a me encontrar com o Nazareno, iniciei um itinerário. Nunca soube ao certo aonde iria chegar, mas sabia que chegaria. A cada encontro com Ele eu sentia que minha alma se entregava às estradas de suas palavras. Ela nunca retornava do mesmo jeito. Às vezes confusa, às vezes consolada.

A convivência com Ele me levou a lugares inusitados. A pessoas também. Realidades que eu jamais buscaria sozinho. Situações que nunca me interessariam, e que só saltaram aos meus olhos porque eu estava com Ele.

O tempo passou. Mais de duas décadas me separam daquela que Ele chamou de "tarde das sombras". Nunca mais fui o mesmo. Tão logo a chuva cessou, eu me aproximei de Maria e João. Só então pude fazer o que gostaria de ter feito ao longo da subida dolorosa. Fiquei perto dele, muito perto. Desde aquele momento, assumi publicamente a minha transformação. Comuniquei aos amigos, aos companheiros de sinagoga, que eu seguiria outro caminho.

Nunca desprezei minha herança judaica. Pelo contrário. Ela continua sendo meu ponto de partida. Apenas modifiquei meu jeito de ser herdeiro. Todo o ensinamento que me foi transmitido por meus antepassados eu passei a interpretar sob a ótica de Jesus, o Cristo. Sou um judeu cristão. Trago na alma as marcas da Lei, dos profetas, dos patriarcas. Mas todas elas seladas pela definitiva intervenção que Deus realizou no mundo por meio de seu Filho, Jesus.

Continuo com as mesmas dificuldades que tinha na época em que vivia com Ele, o discipulado das madrugadas. Ao meu coração ainda não é natural amar os miseráveis. Mas não há um único só dia em que eu descanse do desejo de ter meu coração transformado. Já avancei muito. Já consegui realizar os mesmos gestos reconciliadores que Ele. Já acolhi pecadores, já desfiz cenas condenatórias, já ofereci a ladrões e prostitutas o meu lar e o serviço de minhas mãos, mas confesso que isso ainda não é natural em mim.

Sinto-me constantemente envolvido por uma tensão, como se estivesse posicionado entre dois mundos, necessitado de vencer os obstáculos que me prendem ao velho, e recrutar forças que me façam alcançar o novo.

Estou vivendo a travessia. Do Antigo ao Novo Testamento. Sim, é assim que compreendo os dois mundos. O Antigo como escritura que já tenho em mãos, e o Novo, a escritura que ainda dorme nas consciências, o testemunho que ainda não recebeu a carne da palavra, e que certamente virá à luz pelas mãos dos que foram transformados pelo Mestre de Nazaré.

Dele tenho as saudades mais bonitas. O jeito único de interpretar a verdade, a maneira sábia como investigava o avesso das regras, a habilidade de nos educar o desejo e de nos fazer querer o melhor da vida, ainda que nos parecesse inacessível.

Trago comigo, como irrenunciável aprendizado, sua capacidade de quebrar a laje protetora das impressões rasas, de ultrapassar o rosto das aparências e de chegar ao âmago das questões. Hoje, já tão distanciado daquela tarde, posso compreender suas palavras: "O itinerário o conduzirá ao alto de um monte. Só lá você será capaz de compreender quem eu sou. Por enquanto você só enxerga o Nazareno, como gosta de me chamar. Mas a voz de outro homem lhe fará uma revelação que ultrapassará esse rótulo, e o aproximará da bem-aventurança complementar que hoje lhe foi comunicada em mistério."

A voz de outro homem. Pilatos. A declaração feita segundos antes de entregar Jesus às mãos do povo: "Eis o homem." Pilatos não sabia que comunicava ao mundo a grande verdade. Foi naquele momento que minha alma gritou dentro de mim. E ainda que eu não tivesse o esclarecimento, que só me veio pelo tempo, meu corpo caiu de joelhos.

Só os puros de coração verão o homem. E eu pude ver naquele momento. Nossos encontros não foram em vão. Ele me preparou para aquela hora. Por isso salientou tanto a tarde das sombras. Ele sabia que os fatos completariam em mim o itinerário por Ele iniciado.

Naquela tarde de sombras, a verdade mostrou-me a face, como se as peças de um grande mosaico fossem reunidas para compor a coerência final da cena. E então pude compreender que Ele era Deus, o Verbo encarnado.

Nele, Deus e Homem estavam plenamente manifestados. O homem pleno que em cada criatura humana é colocado como vocação, meta a ser alcançada. Só os puros poderão se dobrar diante desse mistério.

Pelo mistério da encarnação, Deus habitou o mundo. Passou pela história, foi filho de Maria, andou entre nós, desfez o campo de batalha, preparou o banquete para os miseráveis, mostrou-se amigo dos pecadores.

A cada dia convoco a memória dos acontecimentos que nos revelaram tão desconcertante verdade. Ritualizo diariamente a incorporação do Homem que por Pilatos nos foi apresentado. Em Cristo encontro o meu destino final, meu projeto de vida. É a partir dele que me posiciono como obediente à Lei, pois descubro nela um instrumental que me favorece chegar ao homem que pretendo me tornar.

Sou um território de contradição, eu sei. Mas minha conversão consiste em avançar na dissolução da trama onde me contradigo. Consiste em administrar respeitosamente os efeitos da vulnerabilidade que nunca deixa de me habitar.

Há inúmeros itinerários dentro de mim. São êxodos constantes que se finalizam convocando outros. A vida espiritual é uma travessia que nunca termina. Quando vejo o alaranjado da manhã passando pela fresta de minha janela, outra coisa não penso, outra reza não rezo: "Senhor, quero ter um coração puro!"

E sob a graça da divina intenção, tomo nos braços o dia recém-nascido e com ele me identifico. Somos iguais. Dia e eu. Estamos só começando.

Este livro foi composto na tipografia GT Super Text,
em corpo 10,5/15, e impresso em
papel off-white no Sistema Cameron da
Divisão Gráfica da Distribuidora Record.